同文書庫·厦門文獻系列 第五輯 叁

懷谿樓詩稿（外一種）

李焜焜·撰

厦门大学出版社
XIAMEN UNIVERSITY PRESS
国家一级出版社
全国百佳图书出版单位

图书在版编目（CIP）数据

怀豁楼诗稿：外一种 / 李焜焜撰. -- 厦门：厦门大学出版社，2022.12

（同文书库. 厦门文献系列. 第五辑）

ISBN 978-7-5615-7946-6

Ⅰ. ①怀… Ⅱ. ①李… Ⅲ. ①诗集—中国—现代 Ⅳ. ①I226

中国版本图书馆CIP数据核字(2020)第211901号

出 版 人 郑文礼
责任编辑 薛鹏志　章木良
封面设计 李嘉彬
技术编辑 朱　楷

出版发行 厦门大学出版社
社　　址 厦门市软件园二期望海路 39 号
邮政编码 361008
总 编 办 0592-2182177　0592-2181253(传真)
营销中心 0592-2184458　0592-2181365
网　　址 http://www.xmupress.com
邮　　箱 xmupress@126.com
印　　刷 厦门集大印刷有限公司

开本 787 mm×1 092 mm　1/16
印张 11.5
插页 3
字数 165 千字
版次 2022 年 12 月第 1 版
印次 2022 年 12 月第 1 次印刷
定价 136.00 元

厦门大学出版社
微信二维码

厦门大学出版社
微博二维码

總　編：

中共厦門市委宣傳部

厦門市社會科學界聯合會

執行編輯：

厦門市社會科學院

『同文書庫·厦門文獻系列』編輯委員會

編　委：

潘少鑾　周　旻　何丙仲　洪峻峰　謝　泳　鈔曉鴻　李　楨　李文泰

主　編：

潘少鑾

副主編：

洪峻峰　李　楨

目録

前言……洪峻峰 一

懷豀樓詩稿……李烺焜撰 一

拈梅圖……四

懷豀樓詩稿……六

序……邱煒萲 六

題懷豀樓詩稿……陳頎等 一〇

自識……一二

詩稿……一四

拈梅圖詠……六一

拈梅圖詠序……凝禪 六二

自序 …… 六四
圖詠 …… 六六
憶梅詩錄 …… 林景仁編 九三
題憶梅詩錄即呈同社諸君子 …… 蟫窟主人 九六
憶梅詩錄 …… 九八
甲選 …… 九八
乙選 …… 一一〇
丙選 …… 一三六

前言

《懷谿樓詩稿（外一種）》收錄李烺焜撰《懷谿樓詩稿》，林景仁編《憶梅詩錄》作為『外一種』一併收入。此二種詩集同是以寫梅為重要創作主題，且均為二十世紀一二十年代在南洋編輯、刊印，是早已絕版的厦門近代稀見詩詞文獻。

一、李烺焜與《懷谿樓詩稿》

《懷谿樓詩稿》是李烺焜個人詩集和詩友題詠集的合編，一九二六年末（或一九二七年初）在新加坡刊印。

李烺焜（一九〇二—一九四七），名煜，字烺焜（亦作琅琨），以字行；別號宸谿廬主，又號懷谿、懷谿樓主。福建同安人。出生於同安縣城銅魚館小商人家庭，幼入讀私塾，喜愛詩、書、畫，勤學苦練，學有所成。少年時隨父到厦門當賬房。二十世紀二十年代中期南渡新加坡，在華僑中學任會計。時與當地詩書名家和藝友過從，相互切磋，詩書畫藝術日臻成熟。一九二九年返鄉，一九四〇年曾在同安縣府謀職，先後任縣府秘書和賑濟會幹事。後自辦私塾教館，收入微薄，又以售賣書畫度日，生活貧窮。（參見洪文章、陳樹碩編著：《同安文化藝術志》『李琅琨』條目，厦門大學出版社一九九六年版）他病逝後，旅新前輩洪鏡湖《輓李琅琨》詩歎曰：『懷才終不遇，無命可何云』；『竟以窮愁死，臨風倍悵然』。（洪鏡湖：《鏡湖吟草》，新加坡一九五四年版，《光復集》第十八頁）

李烺焜是民國時期同安知名詩人和書畫家。其書法、繪畫獨具風格，自成一家，所作水墨畫曾參加在上海舉辦的中國藝術展覽會。我國第一部美術年鑒——《美術年鑒（中華民國三十六年）》（王扆昌主編，上海市文化運動委員會一九四八年版），『美術家傳略』部分即有『李琅琨傳』之目，略介其生平，冠之以『書法家』，稱其『耽詩文，工書畫』，『安貧樂道，其志可嘉』。（《美術年鑒（中華民國三十六年）》，『傳』，第三十頁）條目雖然僅一百多字，且有不準確處，但卻表明李烺焜的書畫已為美術界關注，其人亦為當時中國書畫界所知。而早年刊行的這部詩集《懷谿樓詩稿》，則體現了他詩詞創作的成績及其在當時閩南和星洲詩壇的影響。

《懷谿樓詩稿》包含兩部分：前一部分為作者歷年詩作，計一百三十多首，其中有詠梅詩五十首，集中置前，其餘大致按寫作時間排序；後一部分為《拈梅圖題詠》，收錄當時閩南和星洲名流詩家題詠其《拈梅圖》照影之詩。詩集於二十世紀二十年代在新加坡梓行，頁眉書名下有『星洲吉寧街益文公司代印』字樣，無刊印時間。詩集由閩南旅新名流邱菽園作序，序稱：『今歲乙丑仲秋之望，李君則以自著之詩稿示余，云將謀之刊劂氏。』可知詩集編成於乙丑年（一九二五）仲秋之前，邱序作於是年。《拈梅圖詠》另有癡禪瑞于上人序和自序二文，所署時間均為乙丑年（一九二五）秋。論者多據此稱其刊於一九二五年。然詩稿中有《廿五初度》一首，當作於一九二六年初（作者係一九〇二年元月出生），而此詩之後又有寒暑之作。又，詩稿卷端載有作者自識，未署日期，卻有『自拈梅圖照影以來，彈指四載』之語，而《拈梅圖》係攝於癸亥年（一九二三）春（據白序）。可以推測，卷端自識當寫於一九二六年末至一九二七年春之間。

《懷谿樓詩稿》是新加坡華人較早刊行的一部個人詩集。當時，旅居星洲的閩南詩人，除邱菽園有《嘯虹生詩鈔》等刊行外，罕見刊印詩集。如為其題簽書名的陳子仲的《紫杖詩稿》刊於一九三一年，鄉前輩陳延謙的《止園集》刊於一九三八年，為《拈梅圖詠》作序的癡禪《瑞于上人詩集》刊於一九三九年等。至若洪鏡湖（俊清）、孫世南（雪庵）、李俊承等，詩集則至二十世紀四五十年代始付梓。我認為，這部早期詩集在新馬華人詩史上有獨特的價值和地位，而最重要的意義和價值，就在於為星洲著名早期華人詩社檀社保留了一批珍貴的活動資料和詩詞文獻。

檀社（檀樹）是『南僑詩宗』邱菽園在星洲創立的華人詩社，創辦於一九二四年初春，成員四十多人，閩南詩人約占半數。檀樹詩會活動止於一九二五年冬末，詩作由邱菽園篩選（截稿於一九二六年暮春），結集為《檀樹詩集》，於一九二六年付梓刊行。檀社雖然存在時間不長，但卻是早期南洋華人社會中活動最多、影響最大的傳統詩詞團體。然而，近百年過去了，當時的一些歷史文獻多已散失，難得一見。而《懷谿樓詩稿》內容與檀社密切相關，甚至可以說，這部與《檀樹詩集》相繼刊行的詩稿，也是檀社的一份詩詞文獻。

李烺焜約在一九二四年初赴新加坡，並加入檀社，積極參與詩社雅集——檀樹詩會活動，創作熱情煥發。作者詩稿多數是到星洲參與檀社活動後所作，其中既有檀樹雅集詩題，也有與檀社同人的酬贈唱和之作，展現了檀社活動及吟侶交往的場景、情形。檀樹詩會共舉辦三十六集，詩稿中標明為檀樹詩會詩題者十二題，其中包括涉及檀社重要活動和具有詩史意義的詩題，如《題菽園前輩壽梅圖，檀樹題》（二首）和《佛蓮（為瑞于禪師壽）、檀樹題》等，其本事是檀社同人分別為邱菽園和著名詩僧癡禪瑞于上人兩位創建者祝壽的詩事活動。

《壽梅圖》係一九二四年邱菽園生辰，檀社成員顔怡園（字文浩，福建福州人）、孫裴谷（名熙，廣東揭陽人，著名畫家）所繪贈。二人並各題一詩，以為邱氏祝壽。邱菽園有《孫裴谷畫石顔怡園補梅索題》一詩，從詩題可知二人的合作和分工。檀樹詩會第十五集以『題《壽梅圖》祝嘯虹生』為詩題，『嘯虹生』係邱菽園的別號。《佛蓮圖》係孫裴谷繪贈癡禪上人，為其祝壽之作，檀社第二十四集即以『題《佛蓮圖》』為詩題。癡禪上人有《賦謝題圖諸吟侶，並序》，序云：『甲子十一月為衲四十有八初度，自慚福薄德淺，何敢言壽。後因孫君裴谷為繪《佛蓮圖》見貽，復承諸詞丈不棄，各題佳作，爰賦一律，以酬雅惠。』

檀樹詩會兩次題圖賀壽作為詩題，社友多有酬唱，題圖者甚多。這些題詠詩在邱菽園主持的《叻報》副刊《叻報俱樂部》發表後，也引起了各地詩界的反響和附和。如臺灣詩人王松《題壽梅圖呈邱先生》、桃源少年《壽梅圖奉祝菽園先生》、安心頭陀《題壽梅圖祝菽園居士》、僧月坪《題佛蓮圖》等，成為當時南洋詩壇的一大雅事。新加坡學者姚夢桐研究新加坡美術史，曾談到《壽梅圖》及其題詠，認為其歷史意義顯得非常重要：它敘說了二十世紀二十年代新加坡詩人間的交遊情況，詩人以傳統方式給友好祝壽，作畫題詩，主人珍藏之，也請朋友鑒賞、品味和題字；表明詩畫祝壽的高雅傳統，也隨文

人南來傳到了新馬。（見姚夢桐：《新加坡美術史論集（一八八六—一九四五）》，浙江人民美術出版社二〇一九年版，第四頁）

這部詩集還輯存了檀社同人的許多作品。兩篇序言的作者邱菽園和癡禪及詩稿題詩者陳子仲、洪俊清等均為檀社骨幹成員，而《拈梅圖題詠》不少出自檀社同人之手，包括：邱煒萲（菽園，海澄人）、張叔耐（江蘇松江人）、洪俊清（鏡湖，同安人）、康研秋（閩侯人）、釋癡禪（瑞于，晉江人）、陳頎（子仲，鷺江人）、黃葆光（藻泮，金門人）、林鏡秋（同安人）、李鐵民（永春人）、林庶溝（永春人）、胡幼汀（同安人）、王香谷（晉江人）、林逸其（惠安人）、孫世南（雪庵，鷺江人）、蘇止齋（晉江人），連同李烺焜本人（自題四首），檀社成員共十六人。這些作品是檀社的珍貴詩詞資料，而邱菽園的序則是檀社的一篇重要文獻，也是佚文。

其實，詩稿的整理刊行也與檀社密切相關。詩集付梓之時，李烺焜年僅二十五周歲，詩作亦不多。此詩集的整理出版，緣於《拈梅圖題詠》。據《拈梅圖題詠》自序，同安城外葉家莊洗心亭植梅數株，癸亥年（一九二三）春，作者應邀賞梅，並受贈梅一枝，因愛梅成癖，遂拈梅合影，攝下《拈梅圖》一幀（圖像見卷首）。而《拈梅圖》獲得了閩南和星洲眾多詩家（五十多位）的題詠，其中不乏名流和佳作。為感謝詩友題贈，使之流傳，他將題詠詩整理成帙，並請詩僧瑞于上人作序，擬付梓。他在詩集自序中寫道：『當代名流賜題，佳作篇達百首，耿耿寸心，未嘗或忘。我雖無可傳，而人自有可傳。……近擬就稿付刊，奈冊頁過少，不得不將拙作附錄，湊成卷。』可見，雖然書名為《懷谿樓詩稿》，而起因卻是為保存眾詩家的《拈梅圖題詠》，包括上述檀社成員的題詠。邱菽園選編《檀社詩集》，從一千七百餘首中選出三百多首，其中也包括少數檀社成員的《拈梅圖題詠》，而多數題詠詩則未被收錄。

詩集選擇在檀社結束之時整理付梓，見证了詩社短暫的整個歷程；又與《檀榭詩集》相繼刊行，且由同一個印刷所即星洲吉寧街益文公司代印。這些都表明詩集的編輯刊印與檀社的特殊因緣。

在詩集保存的檀社文獻中，邱菽園的序言是一篇極有價值的佚文。邱菽園在序中記述詩社情形，寫道：『前歲甲子夏秋之交，在瑞于禪師竹院偶結檀榭詩會，一時群賢戾止。就中尤以三青年為俊：一陳愚仙喜酒，一李烺焜喜遊，一黃葆光喜禪。三少年英多磊落，均不自菲薄，尤勇猛精進，拼其日月之力，以致功於所為詩，且為漢魏六朝唐宋賢之所為詩，余望之甚畏而敬焉。以其進之不已，豈第忠信如邱，且有好勇過我之長矣。三子者之所喜不必其強同，而其競趨於詩之一途則無以或異也。』

關於檀社和檀榭詩會的創立和活動，邱菽園在為檀社成員陳仲子《紫杖遺稿》所作序言中寫得頗為詳細：『民國十三年春初，釋癡禪招邀同僑文友為檀社詩會於潛林，舉余為主任，至十五年冬末始告結束。每當春秋佳日，壺觴雅集，諸友拈題分韻，互相競勝，致足樂也。』（《紫杖遺稿序》，見陳子仲：《紫杖遺稿》，新加坡一九三二年刊印）關於詩會的起始時間，這裏說的是民國十三年（一九二四，甲子年）春初。他在《檀榭詩集序》中也說得很明確：『星洲檀榭之有文酒雅集也，發軔於甲子初春。』我認為，檀社詩會當起始於一九二四年（甲子年）春初，『夏秋之交』之說有誤。

邱菽園序中講到檀社中『英多磊落』三青年：陳愚仙、李烺焜和黃葆光。陳愚仙，廣東潮州人。

曾任職於新加坡《新國民日報》社，一九二六年受委派到緬甸仰光，接任國民黨派系的華文報紙《覺民日報》總編。黃葆光（？—一九五二），原名寶光，字藻泮，號半禪居士，福建金門人。善詩、精書法。一九二六年參與籌建佛化新青年會南洋分部、星洲講經會。著有《劫後詩存》，於一九二五年一月至六月在邱菽園主編的《南洋商報》副刊《商餘雜誌》連載，但未成書付梓。他們三人興趣各不相同，但其努力同趨於詩之一途。邱氏肯定他們今後必有成就。從這裏，我們可以瞭解檀社成員的若干情形以及李烺焜在檀社中『青年才俊』的地位。

其實，邱菽園也是從『青年才俊』的角度和對發展前景的展望來評價和肯定李烺焜詩的。他在序中云：『今歲乙丑仲秋之望，李君則以自著之詩稿示余，云將謀之刊劂氏。余為披覽一過，見其存詩雖屬無多，然李君之齒方少，卷中所詠自鄉而國，自內而外，自咫尺而萬里，固已馳心浩渺，不拘拘於一隅，況自弱齡而成年、而丈夫、而將壯，以幾於卓然自立者哉。』又引杜甫、王維、元稹等例，說明保存少作的意義。

李烺焜的這部『少作』，也有其顯著的內容特色和藝術價值。

詩集最顯著的特色和價值，是為梅花寫照、以寫梅自寓高格。作者愛梅、崇尚高潔恬淡的梅花品格，所作詩書畫多以梅花為題。詩集以《拈梅圖》影照和聽詩叟的題詞『梅影詩魂』、自題『寒花留照』置於卷端，一百三十多首詩作中，詠梅詩便有五十首，且集中置前，卷後是眾詩家的《拈梅圖題詠》。作者在卷前自識中云：『況自遠栖異域，作草草勞人，心愈恬淡。無聊中得與寒梅賞音，或托於梅，或比於梅，或賦於梅，或興於梅，私心一往癡其矣。』其《題菽園前輩壽梅圖（二首）》句云：『畫裏疎枝清入骨，多君風格似梅花。』這既是贊菽園，也是自我寫照。

而邱菽園在序中則肯定作者不僅人品如梅，而且詩品也如梅，並拈出『清』之一字以品其詩。序云：

昔嘗以拈梅圖自寓高格，諸友題辭頗夥，佳作甚多。今者刊詩，擬並欲一體刊之。余謂李君之逸品如梅，其詩品亦如梅，且搦管潑墨，並能為梅花寫照，即不啻為自己寫照。余記元末名士王先生冕有詩云：『我家洗硯池頭樹，個個花開淡墨痕。不要人誇好顏色，只留清氣滿乾坤。』美哉淵乎，足以移贈李君之畫之詩矣。雖然余為此文實序李詩非序李畫，今將其畫且置，但以詩論，『清』之一字，固從古詩學名家所瓣香，弗釋者也。杜工部評孟浩然云『清詩句句盡堪傳』；元遺山論詩云『乾坤清氣得來難』；黃黎洲著論云『詩人萃天地之清氣』。李君知此，其亦可以終焉允臧矣乎。

值得注意的是，『清』是邱菽園品詩論詩的重要概念和衡量標準。他說：

『乾坤清氣得來難』，凡論文品，必以此字為主。古今來名大家集骨脈未有不清者。或問黃、薩、謝、張四子詩品，余曰：『莘田清圓，檀河清脆，甸男清麗，亨甫清勁。』又問如何而後謂之『清』？大抵詩境甚寬，隨人領取，要其意不真摯者非清，理不澄澈者非清，趣不超玅者非清，筆不空靈者非清，詞不雅潔者非清，調不宏亮者非清，機不圓活者非清，氣不雄浩者非清，神不寒芒者非清，於此著眼，思過半矣。（邱菽園：《五百石洞天揮麈》卷四，第十五頁）

可見，在邱菽園看來，『清』是詩的一種很高的品位和境界。而他以『清』字來品藻李烺焜詩，可謂是很高的評價。

邱菽園序又稱『卷中所詠自鄉而國，自內而外，自咫尺而萬里』，肯定了詩作者的家國情懷。詩稿其實很少直接寫國家、寫時事，但在敘寫個人日常生活中，自然也表露出對時局的關懷。如《春日閒居》：

地遍干戈閉草堂，清貧寇盜也相忘。燈花靜對孤襟冷，詩思頻添夜雨涼。人到寂寥春欲晚，心因恬淡夢偏長。何時得覩昇平象，四野咸歌樂歲穰。

作者處在干戈遍地、寇盜擾攘的時世，春日閒居卻是一片孤寒淒涼，感覺不到春意；詩最後直接表達了對四野樂歌、家國昇平的熱切期盼。

相較而言，家山鄉情確是李烺焜詩稿所詠的出發點和鮮明特色。詩稿包括在閩南家鄉和旅居星洲所作，而貫穿兩個短暫時期的鮮明主題內容，除了寄意梅花，就是抒寫鄉情。

詩稿如果不計五十首詠梅詩（作於何時何地不詳），其在家鄉所作僅二十多首。這些詩盡寫故鄉山水勝跡，其中有雙溪、大輪山，有梵天寺、梅山寺、東山廟、墨香亭、巢雲閣、朱子祠、椽筆樓、浣香樓、準提閣、佛光院、綠陰仙館、紅白梅花廬等。作品展現了近百年前家鄉同安的景色和風物，也傾注了作者的深情，既有對明山秀水的依戀，有對歷史文脈的崇仰，也有對歲月滄桑的感慨。七律《登椽筆樓有感》寫道：

> 滿庭淒絕草離離，大厦空懸筆一枝。悟到虛名如泡影，何妨避世擬題詩。登樓香氣消芸案，隔巷書聲寂雪幃。底事主人淩碧去，雕樑無復燕來時。

椽筆樓係清末胡鉉所建，『樓在同安南門外俯臨雙溪』（胡鉉《椽筆樓記》）。胡鉉［（一八六七—一九一七（一作一九二七）］，字鼎三，別號墨仙，同安銅魚館人。椽筆樓背後有著樓主的一段傳奇故事：十二歲時夢遊淩碧山，受淩碧山人授如椽之筆和書法，復請筆工製丈餘巨筆，到輪山書岩壁練字；十九歲時攜巨筆而遊京師，以大書遍質名流。歸里後築椽筆樓，以詩書自娛，又有數位女弟子在這裏學書、學詩，『風流跌宕，不減隨園』（梁湝跋語）。胡鉉嘗自撰詩文記述這段經歷，輯為《椽筆樓初集》，遍請海內名家題序，於一九〇七年刊行。然而，作者登臨之時，椽筆樓的風雅韻事已不復再現，人去樓空，香消聲歇，短短十數年間便已雜草叢生，一片淒涼。詩中表達了對前賢離去、韻事消歇、故址荒廢的不盡惆悵。

到新加坡後，故園的這些風物則成了懷思的對象，思鄉成了情感表達的主調。如《夜思》：『月滿溪橋綠滿陂，三年闊別動歸思。風光一往憐回顧，轉恨家山入夢遲。』《月夜感懷》句：『他時故國重歸棹，潭石雙溪寄此生。』家鄉雙溪景色牽引了作者的鄉愁和歸思。其實詩集取名『懷谿樓』也寓思鄉之意，這裏的『谿』即指家鄉雙溪。

檀榭第三十四集以《憶故鄉梅花》為詩題，作者詩云：

舊時清影舊時香，索笑曾經幾度忙。今日横斜空悵望，故園風月費評量。遥思東閣花千樹，安得西湖酒一觴。腸斷天南忘驛使，夜闌怕聽念家鄉。

這個詩題寄託著遠離家鄉、寄足南洋的檀社同人的鄉愁。李烺焜離鄉南渡不久，但這個詩題再度引發了他的愛梅之情和故鄉賞梅記憶，他藉題表達了深深的故園之思。

而寓居地的他鄉景物，同樣成了作者寄託鄉思的對象。如《詠蟬》：『劇憐雙鬢影，牽動故鄉情。』異鄉的蟬影如此，雨聲也如此。《聽雨（得聽字）》檀榭題》云：『臺榭風來急，孤襟夢始醒。燈昏深巷冷，竹響隔簾青。萬點聲何切，一宵漏未停。鄉情無限感，旅枕帶愁聽。』作者藉這個檀榭詩題，通過對聽雨而通宵輾轉不眠的描寫，表達了濃濃的鄉情和旅愁。

可以說，在閩南旅居新加坡的詩人中，李烺焜是表達鄉情、鄉愁最為濃烈的詩人。所以，他到星洲沒幾年也就歸國返鄉。遺憾的是，在歸里後近二十年的鄉居歲月中，除了收録於陳延謙《止園集》的幾首題贈唱和之作外，幾乎沒有其他詩詞作品保存下來，書畫作品及其他生平資料也極少見。幸而還有這冊現已極難尋覓的『少作』詩集，為我們留下作者早年的一段風雅韻事，也留下廈門近現代詩史和新加坡華人詩史的一批珍貴資料。

二、林景仁與《憶梅詩錄》

《憶梅詩錄》是林景仁舉辦的以『憶梅』為題的一次徵詩的選編本，一九一九年在印尼棉蘭刊印。林景仁（一八九三—一九四〇），字健人，號小眉，别署蟫窟主人，臺北板橋人，原籍福建龍溪，係菽莊主人林爾嘉之長子。幼隨父祖內渡，居厦門鼓浪嶼。一九一二年十一月赴荷印蘇門答臘，與印尼棉蘭開埠僑領張耀軒之女張馥瑛結婚，旅居南洋諸邦。一九一四年與其父一起在厦門鼓浪嶼創立菽莊吟社，至一九一九年，先後在南洋完成《摩達山漫草》和《天池草》二種詩集。一九二〇年返臺並留居一年，與季叔林柏壽等創立臺北鐘社，創作《東寧草》詩作，在臺灣詩名大振。他是當年活躍於閩南、臺灣以及南洋華社的著名詩人。後從政，於一九三二年到東北投入偽滿政權，在偽滿外交部歐美情報司任職。

二十世紀二十年代，林景仁在臺灣及南洋等地發起和主導了許多詩壇活動，但留下的歷史資料很少。有文章稱，他曾於一九一八年在新加坡創立『同福詩社』，我尚未查到相關材料。較為人所知的是，他在南洋仿菽莊吟社徵詩之例，以『蟫窟主人』之名連續徵詩、選詩，並編《蟫窟》各期詩選付梓。現在看到的有《菽莊玩菊詩選》，封面有『《蟫窟》第十期』和『辛酉九月』字樣，可知編印於辛酉（一九二一）九月。正文卷端標明『《蟫窟》第十期詩選』，書末署『全閩報社印刷』。詩選分為甲、乙、丙、丁四等，前三等各贈書券銀，但僅刊印甲選三十人之作。書後有下一期徵稿啟事：第十一期題目『談瀛軒』，七律一首不限韻（軒爲菽莊藏海園二十八景之一），限至古曆十二月十五日截收；並列出三處收稿地址：新加坡和印尼蘇門答臘棉蘭兩地的福記棧，以及厦門鼓浪嶼菽莊吟社。

我認爲，《憶梅詩録》也是《蟫窟》某期詩選，儘管未在封面標注，但其體例與《菽莊玩菊詩選》相同。詩選分爲甲、乙、丙三等，各贈書券銀，均收録刊印。書後亦有下一期徵稿啟事：第七期『餞春』，七律一首不拘韻，限至舊曆七月廿九日截收；收稿地址爲：棉蘭福記棧、新加坡玻璃後街福記號。蟫窟主人後編有《餞春詩選》，係《蟫窟》第八期詩選，由新加坡之星洲晉益公司代印。

《臺灣日日新報》一九一九年二月七日曾刊登『憶梅』的徵詩啟事。題目『蟫窟主人徵詩』，啟事云：『該徵詩題爲「憶梅」，七絶一首不限韻。限至舊曆二月二日。寄交棉蘭匯通商店，或新架坡玻璃後街福記號。主人即林景仁氏也。』截稿時間舊曆二月二日即新曆一九一九年三月三日，由此可以推知，《憶梅詩録》當編印於一九一九年。此書卷首有蟫窟主人《題憶梅詩録即呈同社諸君子》七律四首，卷首頁眉有『棉蘭天然印』字樣，可知刊印於印尼棉蘭。

《憶梅詩録》共收録應徵詩甲、乙、丙三等共七絶二百五十首，其中不少作者入選多首。投稿者多用别號或筆名，作者大多難以查證。但可以肯定的是，這些詩作不僅具有藝術價值，而且有史料價值，有風人雅致的詩本事及詩壇掌故可以稽考和挖掘。其中海澄（又自署圭海）邱韻香女士以實名入選五首，查作者詩集《繡英閣詩鈔》，收有《憶梅》七絶二十首（見邱緝臣、邱韻香：《丙寅留稿·繡英閣詩合刊》，東山圖書館一九八九年刊印，《繡英閣詩鈔》第三十八至三十九頁），包含了入選的五首。

邱韻香是菽莊吟社耆老施士洁的入室弟子，其積極應徵也許有師門的原因。

林景仁題於卷端的七律四首（第一首中『殘邃』為『殘篴』之誤，『篴』古同『笛』），是寫梅佳作，也產生一定的反響。晉江旅臺詩人吴鍾善（字元甫，別號頑陀）和陳蓁（字佑余，又字髯僧）有和詩，林氏曾將二人和詩附於自己的原作之後，一併收錄入詩集《天池草》。林景仁原詩題有『即呈同社諸君子』，從吴、陳二人和詩推測，很可能是指臺灣的寄鴻詩社諸子。寄鴻吟社係林景仁從叔林鶴壽於一九一八年十月在臺北板橋別墅所創，主要成員有林鶴壽、林柏壽、龔亦癯、蘇鏡潭、陳蓁、吴鍾善、吴普霖等，論者稱之為菽莊吟社的衍生社團。其時林景仁尚未返臺（一九二〇年返臺），但與吟社成員交往密切，可能也已成為其中一員，視吟社諸君子為『同社』。如同蘇鏡潭詩《送同社陳髯僧吴頑陀歸里》（一九二四），稱陳蓁、吴鍾善為『同社』。

還有一事值得一提：時隔十八年，林景仁又把《題憶梅詩錄》四首翻出，重新刊於《晶報》一九三七年一月二十六日第一版《詩壇》欄。無詩題，以小序代題。小序云：『往歲在南洋曾以「憶梅」詩題徵詩，應徵者珠玉紛投，選其中若干首都為《憶梅詩集》，並題四律以冠其首』。『為問荒山冰雪裏，可能留得舊精神？』（其三句）在當時的歷史背景和個人經歷下，重新發表這四首詩的原因、目的，以及作者心態，值得探討。

由上可知，蟫窟主人林景仁舉辦的《蟫窟》徵詩，至少持續了十一期。現在所知徵詩題目，除了『憶梅』，還有『餞春』（第七或第八期）、『菽莊玩菊』（第十期）和『談瀛軒』（第十一期），而詩選則只有《憶梅詩錄》和《菽莊玩菊詩選》兩種。其他各期情況及詩選，則闕如。《蟫窟》徵詩系列不僅從一個側面反映了當時南洋華人詩壇與國内（尤其是閩南）詩詞界的交流互動，而且展現了詩詞創作活動的一種獨特的方式，在閩臺詩史和南洋華人詩史上應有一定的地位。

洪峻峰

二〇二一年六月於厦門大學

懷谿廔詩稿
紫杖署

梅影詩魂
聽詩叟題

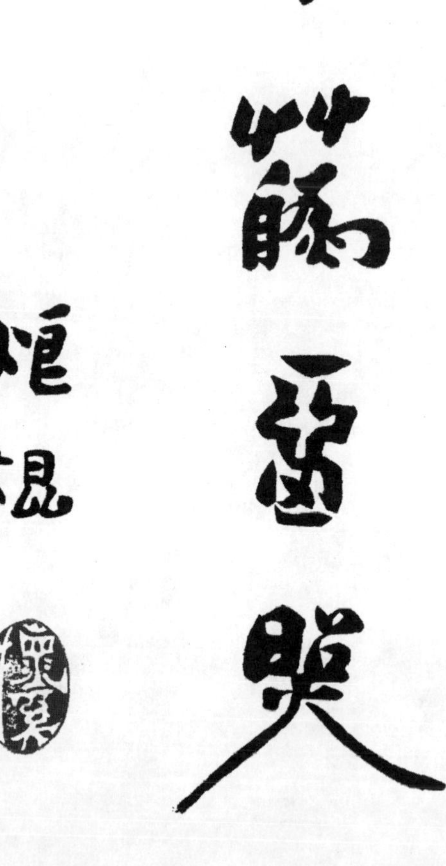

拈梅圖

觥船一掉百分空十載青春不負公今日鬢絲禪榻畔茶煙輕颺落花風達哉杜牧之二十八字中言酒言遊言禪具括一生活潑潑地而獨立不羈凌厲無前之豪氣千載下猶或于尋行數墨間遇之余於牧之詩固無能爲役然其桀驁不馴之志意尙可於旦夕間恍惚與接爲搆則亦未敢妄自菲薄也前歲甲子夏秋之交在瑞于禪師竹院偶結檀樹詩會一時羣賢戾止就中尤以三青年爲俊一陳愚仙喜酒一李焜焜喜遊一黃葆光喜禪三少年英多磊落均不自菲薄尤勇猛精進拚其日月之力以致功於所爲詩且爲漢魏六朝唐宋賢之所爲詩余望之甚畏而敬焉以其進之不已豈第忠信如邱且有好勇過我

星洲吉寧街益文公司代印

之長矣三子者之所喜不必其強同而其競趨于詩之一途則無以或異也今歲乙丑仲秋之望李君則以自著之詩稿示余云將謀之刋劂氏余爲披覽一過見其存詩雖屬無多然李君之齒方少卷中所詠自鄉而國自內而外自咫尺而萬里固已馳心浩渺不拘拘於一隅況自弱齡而成年而丈夫而將壯以幾於卓然自立者哉昔杜工部詩功卓絕千古獨惜其少遊吳越詩一不之存無可徵信永留缺典若王維元稹二賢則異是王之洛陽女兒行元之清都元夕詩均于成十六歲俯視凡流至今傳誦李君之能早存其詩亦庶幾王元之後塵或免杜陵之遺憾者歟余與李君相習久知其多饒材藝於詩之外又嫻

六法時復揮灑丹青爲寫意畫即今人所稱爲象徵藝事者也昔嘗以拈梅圖自寓高格諸友題辭頗夥佳作甚多今者刋詩擬幷欲一體刋之余謂李君之逸品如梅其詩品亦如梅且搦管潑墨祇能爲梅花寫照即不啻爲自已寫照余記元末名士王先生冕有詩云我家洗硯池頭樹个个花開淡墨痕不要人誇好顏色只留清氣滿乾坤美哉淵乎足以移贈李君之畫之詩矣雖然余爲此文實序李詩非序李畫今將其畫且置但以詩論清之一字固從古詩學名家所瓣香弗釋者也杜工部評孟浩然云清詩句句盡堪傳元遺山論詩云乾坤清氣得來難黃黎洲著論云詩人萃天地之清氣李君知此其亦可以終焉

星洲吉事會益文公司代印

允臧矣乎余不敏以李君之美材復承其殷勤不恥下問請序于余之盛意竊願再有以進君蓋頌美其所已至期許其所必至固吾輩朋從道義之所宜爾也雖然吾有知乎哉吾無知也吾惟引先哲之言以殿此序期李君之必至而已先哲云何東坡云善畫者寫意不寫形善詩者道意不道名樂天云說喜不得言喜說怨不得言怨李君設于是而參透三昧焉匪徒詩之道無難將於禪理亦一一是貫通焉又何往而不見妙悟則眞可與杜牧千載上抗衡余又安能測其所至哉

閩海菽園邱煒萲序于星州寓樓

題懷谿樓詩稿　鷺江 子仲陳 頎

博得詩名譽謫仙詩中有畫劇新鮮放歌不着登山屐得句渾如下水船墨海春來風欲浪筆花香透夢初圓愧余覆瓿焚殘稿豔羨檀郎擘玉牋

前題　晉江 癡禪

儒釋論交羨夙緣讓君先着祖生鞭胸融白雪三分亮盤走明珠一顆圓月旦應推詩上品風流半學酒中仙囊錐脫穎清如許信是青蓮手澤傳

前題　同安 鏡湖洪俊清

文雅風流士堪將翰墨傳王維詩有畫李白句皆仙才調稱三

絕情懷寄一編賞音無限意期許正拳拳
不須高格調祗自寫襟期秋水凝眸處春山坐對時情文清疊疊繩尺扣絲絲饒有風人致梅花手一枝

古之所爲詩者非至淸矯絕俗壯若萬馬奔騰鏘鏘然擲地有金石聲尚未敢以示人非至老成練達火候深純靜若空谷幽蘭亦未敢以示人唐宋品格高超及淸近代詩律尤嚴重焉余何人斯後生末學烏敢以詩問世耶然而天地一夢鄉古今一夢境人生數十載幻若浮雲倘得閒談風月隨機遣興亦無所爲可不可其詩之工焉拙焉可傳者無可傳者到頭總歸一夢且當今之時國粹消磨揚風扢雅冷生涯耳人厭我趨揣之余心未嘗非是況自遠栖異域作草草勞人心愈恬淡無聊中得與寒梅賞音或托於梅或比於梅或賦於梅或興於梅私心一往癡甚矣顧我之愛梅若是不知梅之愛我爲何如也餘如感

懷谿樓詩稿　一

懷雜艸詠物諸篇所觸之景仍似春夢無痕喜也怒也哀也樂也視若眼底空花自來自去安敢心望其傳耶噫是眞夢乎抑非夢耶要之傳與不傳兩無成心禪學家所謂見山不是山見水不是水見山還是山見水還是水殆此意歟矧自拈梅圖照影以來彈指四載回首前塵都如一夢維時當代名流賜題佳作篇逹百首耿耿寸心未嘗或忘我雖無可傳而人自有可傳且人既傳而我亦無不可傳近擬就稿付刋奈册頁過少不得不將拙作附錄湊成卷部所謂人傳焉我傳焉雖到底空花幻夢而眼前且作夢中之境也可大雅君子幸勿笑我癡人說夢焉至於以詩見志得意自鳴則我豈敢云爾

烺焜識

同安 烺焜李　煜稿

刊者 海澄馬康侯
閩侯何維善

古梅

老幹低斜碧蘚侵林逋還是舊知音可憐千載經霜雪不改冰姿鐵石心

江梅

寒塘雪夜月如鈎傍水幽花入望收識得漁舟偏耐冷一竿垂釣玉梢頭

蠟梅

貼小花含遍綠陰瀟瀟灑灑傍寒林黃昏月下疑無色錯認枝

星洲古學街益文公司代印

頭雪點金

庭梅

階前斜影上簾櫳月色微明玉一叢此夜凭欄拋不得香飄清徹五更風

白梅

粧點叢中粉黛多繁華謝盡特清高誰云江北千株雪不若西園李與桃

紅梅

寒心原不逐陽春也點胭脂學絳唇淺水浮霞流豔影漁郎錯認是桃津

墨梅

彷彿孤山縞夙緣誰從墨海化雲煙淋漓滿幅原疑夢致使玉容淡不妍

黄梅

四月江村半雨天離離梅子滿枝懸閒來畫永渾無事戲摘金團當酒錢

友梅

三益堂前太等閒竹松應是舊相歡緣何九月籬邊菊不耐風霜負歲寒

野梅

星洲吉寧街益文公司代印

村徑荒凉四望通玉枝輕颺淡煙中高標早厭依籬下忍向寒郊對雪紅

夢梅

信步淸遊入夢酣幾疑是處即江南板橋雪後香無際萬樹梅花一水涵

尋梅

曉風獵獵透窗紗曳杖來尋雪裡花踏遍芒鞋無覓處不知春訊落誰家

問梅

東風一夜催來急聞說君家滿樹香冒雪敲門非訪戴祇因欲

訊縞衣娘

對梅

天空月冷水粼粼一樹寒香點綴新笑我生涯眞淡泊茅簷相守耐清貧

灌梅

小汲溪泉入竹籬殷勤心事訴花知護持灌溉無他意要待春來占一枝

簪梅

鐵笛一聲雪滿門對花何以慰花魂笑儂少有耽梅癖揀取輕枝上鬢痕

題梅

對花呵凍動吟情粉壁揮毫墨瀋新雪裡飛仙眞絕調翻愁短句未傳神

觀梅

山色青青雪色融清香一段逐東風低徊省識囘春意只在枝梢數點中

賣梅

沿街深巷叫分明棖觸銅瓶紙帳情正是紅樓人睡起隔簾悄聽一聲聲

買梅

寒信頻催惹客思窗前着蕊尙遲遲江南路遠憑誰寄遮莫街頭買一枝

偷梅

霜比精神雪比姿誰家牆外掛橫枝愛渠不覺輕攀折仔細關防自笑癡

贈梅

天涯作客最傷神客邸思鄉易感春今夜知君詩思切一枝聊以慰吟身

假梅

製作眞如門雪妍四時長插鏡臺前兒童未解人工巧笑說春

星洲吉寧街益文公司代印

歸色尙鮮

繡梅

盡日門前買繡絲絲絲親自繡春枝看郎畫箇梅花稿惹妾停針欲倣之

別梅

十載同君耐歲寒閒情常對倚窗看憐香自是憐春客惜別才知遠別難

憶梅

悄立癡情認故吾疎籬雪月兩模糊春衫一段前緣在無限深愁托畫圖

驛路梅

十里郵亭各路遥橫斜影裡馬蹄驕年年此地饒春色莫折霜枝當柳條

深山梅

群山萬壑一重重良友相依竹與松底事寂寥棲澗谷知渠厭俗隱芳踪

官署梅

也似河陽滿縣花空堂冰冷一枝斜官清庭本堪羅雀愁煞寒香伴放衙

書齋梅

三分明月到窗前把卷來親綠蕚仙映雪辛勤同耐苦一寒絕不受人憐

田舍梅

十畝之間萬玉斜宿根甘傍野人家自憐不入揚州譜來與山村閱歲華

閨閣梅

寒鎖深閨幾樹春誰將芳訊悟前因東風有意憐消瘦也到粧臺伴玉人

酒家梅

一枝似帶酒痕香瘦影酡容露半妝何事文君壚畔住江村未

必是臨邛

棋墅梅

安枰石上鬥心兵一夜香風落子聲雪月嬋娟都不管祗防車馬入長城

歌院梅

江城五月譜新聲玉笛橫吹冷畫屏好是深宵斜照影暗香浮動倚欄聽

廢園梅

荒園回首悵凄凉息影殘痕願未償妬殺石亭亭畔徑賞春無主自飄香

琴屋梅

室冷春風兩鬢侵閒來花下理瑤琴哀絃彈落三更月贏得癯仙夜賞音

禪院梅

慧根清淨隔埃塵別了孤山悔夙因靜守空門休厭淡維摩曾伴散花人

道院梅

斗轉銀河夜未央步虛聲寂暗聞香微風颯颯旛檀裡恍似飛仙入道場

樵徑梅

不隨紅紫門春桃瘦影無如寂寞何豈厭囂塵甘冷落胡爲巖壑伴樵歌

陋巷梅

小小衕衕短短牆數枝清影弄昏黄如何不願居東閣也樂簞瓢學舍藏

浴池梅

豔絕華清賜浴時飄零今日賸殘枝風清午夜傷岑寂蘸影渾如力不支

節坊梅

玉潔冰清德不孤千秋華表照扶疏結鄰恰好賡同調鐵石心

星洲吉寧街錢文公司代印

懷谿樓詩稿

腸莫笑迂

宮禁梅

早歲誰移到禁中一枝含雨逐春風暗香寂寞黃昏後也似梅
妃入冷宮

青樓梅

紫姑仙子倚青樓氷蕊花開恨未休淪落塵寰無定所漫將瘦
骨門風流

嶺上梅

層巒風雪正綿綿怎奈地高得氣先聞道江南剛十月嶺頭輕
蕊已鮮妍

雪裡梅

滿林飛絮凍香膚驢背尋春影尚疎瞥眼漫漫鹽散處群山皓皓一花無

雨中梅

風嘯天寒破曉時霏霏萬点濯冰肌藐姑似厭濃粧俗故借春霖洗剩脂

竹外梅

萬拂琅玕處處苔瀟瀟清影映瑤臺愛他歲暮冰霜裏鐵骨虛心絕世才

月下梅

星洲古寧街[illegible]文公司代印

幾株玉蕊絕纖塵恍惚羅浮夢裏身可是嫦娥憐瘦影爲渠夜夜展冰輪

題月夜垂釣

寂寂小橋東皤然一釣翁竿絲搖月影艇掉隱蘆叢夜靜燈無燄波平水接空隔江青數點約略度秋風

楊花

客去春無主垂楊弄晚晴花黏蛛網重雪逐馬蹄輕飄泊隨流水顛狂撲畫楹空庭明月滿零落不聞聲

冬夜雙溪壩作

迢迢碧溪水入夜浪生花老屋孤燈冷荒城幾樹叉敲詩懷遠

客散步到人家翹首看烏鵲天寒月正斜

春日東山廟前晚步

萬綠幽叢外濃烟散滿陂枝頭鴉噪處田畔鷺飛時屋小低於艇花紅豔似脂踏青橋上過覽勝覺歸遲

寄居墨香亭有感 亭在綠陰仙館左畔胡厝內

生小遭艱遇貧居衹數楹買山須異日寄廡也怡情畫棟曾棲燕空亭或聽鶯主人何處去華屋滿秦荊

墨香亭秋夜

獨坐紅欄久亭虛月色浮夜涼眞似水人淡恰宜秋寂寞聞簷馬徘徊望斗牛西風蕭索甚底事更生愁

與庭生君墨香亭對飲話舊

舉酌亭中會花枝照酒痕故人三載别舊事一宵論燭短風吹檻更深月滿園與君重聚首意氣最相敦

遊梅山寺

古寺無人到山門寂不禁石梁通曲徑翠岫釀層陰落日溪聲急棲雲塔影沉臨風憑遺興秋氣滿衣襟

梅山寺前晚眺

庭除秋草碧樹杪日斜時野叟閒遊倦山童拾果遲吟情還自得幽思足相期咫尺東臯外胡笳向晚吹

南歸後溪口寫懷

古渡三年別重來憶舊遊鐘聲山外寺帆影水邊樓時局紛如

臬人情冷似秋何期舟一葉取次暫勾留

與友人雙溪壩春宴

渡口斜陽裡悠然好放杯蹇裳人已去沽酒客頻來夾岸埋幽

草柴門濕綠苔萍蹤飄泊後名勝幾追陪

秋日過嶺下

迢遞山高下歸鴉帶夕曛徑幽初過雨嶺聳欲凌雲詩意望中

索秋聲靜裡聞遠村如畫景清玩與誰分

石潯夜泊

倚掉天山下清秋夜未眠海寬孤月上樓小一燈懸鬢影搖波

影漁船傍客船潯村風景好詩思正無邊

輪山曉望

極目雲無際村田一抹宜曉來千樹淨天外數峰奇衆籟時方寂平林色最滋雞聲傳萬戶初日若燕脂

舟過石潯

四載天涯客歸帆向潯門漁燈依古岸茅店傍荒村地近心逾急宵寒浪不翻開篷看月影水色淡無痕

水菓内曉行

村店殘燈渺荒郊螢火生繁星渾似月遠樹恰疑城犬吠人聲寂鴉啼露氣清歸家餘二里緩步認前程

端陽日偕友遊雙溪

勝會端陽日清遊薄暮天水光明若畫山色遠相連載酒邀詩侶吹笙坐釣船臨流多桂掉回憶似當年

秋日巢雲閣贈古峰上人

巢雲塵不染靜坐看雲飛朝着田衣去暮從樵徑歸鐘樓秋露冷寶篆紫烟微瑟瑟西風夜清修獨掩扉

雙溪泛月

扁舟清夜泛殘月恰沉西斷續簫聲遠迷離帆影低莞然成獨笑乘興到雙溪偶倚篷窗望水天一色齊

題朱子祠

宋代彰文化芳型萬古[illegible]黃花當晚節多士正遊時善政淳風被名言薄俗移遺將仙苑在奚啻峴山碑

石濤道中

歸鞍詩更瘦沿岸草方滋溪淺舟難進日斜步覺遲道途多舊識城郭異當時薄暮鐃聲動登堂喜可知

南歸後遊梵山

客倦遊未倦登高正夕暉水天同一色鷗鷺共爭飛人影臨幽壑樵聲出翠微何當長策蹇樂此以忘歸

聽雨得聽字 檟樹題

臺榭風來急孤襟夢始醒燈昏深巷冷竹響隔簾青萬點聲何

切一宵漏未停鄉情無限感旅枕帶愁聽

贈陳子仲前輩

才豔生花筆詩清碧玉簫一生如水靜萬事讓人驕氣節標修

竹文瀾若捲潮名傳風雅會元箸自超超

星洲立秋日

黃葉階前落旅懷暑氣收濤聲驚作雨山色却宜秋銀漢當空

轉暮雲向晚浮吾生多跋涉爲客到星洲

旅次喜晤陳眠鶴先生

瀟瀟風雨夜鬱鬱感塵悰故友經年別天涯一笑逢山窗同客

夢萍海話行踪相對情無限關心聽曉鐘

蟬　　檀樹題

旅邸生秋思園林鎮日鳴憐君如此恨爲客不勝情斜月三更夢涼風幾樹清六橋人寂寞何事咽愁聲

甲子中秋前一日喜亭君之令堂張太君千古輓詩

一夜淒風起萱階冷氣侵簫吹鸞馭返月朗婺星沉教子留芳範傳家頌德音搴帷秋黯淡祗是淚痕深

送林少琴先生之泗水

逆旅秋聲起欣然遇故人傾談忘爾汝落拓感風塵鴻爪留星島征帆到泗濱客中相送地回首幾傷神

星洲除夕

海外逢除夕驚心歲月遷懶將湘管筆來寫賀春箋逋負唯詩債窮愁爲客年鄉榆何所戀白髮倚門前

詠　蟬

古木含風久秋深着意鳴力微沾露冷叢薄播絃清無夢殘聲渺有懷客思生劇憐雙鬢影牽動故鄉情

送別梁向榮先生

振翮南溟去征帆掛海邊相逢纔恨晚別夢近秋天畫稿留鴻印詩情付雁傳送君無限意悵望隔蠻烟

春日閒居

地遍干戈閉草堂清貧寇盜也相忘燈花靜對孤襟冷詩思頻

添夜雨凉人到寂寥春欲晚心因恬淡夢偏長何時得覩昇平
象四野咸歌樂歲穰

憶故鄉梅花得鄉字檀題榭

舊時清影舊時香索笑曾經幾度忙今日横斜空悵望故園風
月費評量遥思東閣花千樹安得西湖酒一觴腸斷天南忘驛
使夜闌怕聽念家鄉

月夜感懷

滄海迢迢一鏡明團圓皓魄近三更聞香空際疑成幻對月敲
詩挹氣清韓偓丹山驚斷夢劉郎桃觀繫前情他時故國重歸
掉潭石雙溪寄此生

王香谷君以詩贈麗明錄事忽觸余懷爲和一律

曾記當年文字存三生杜牧種情根徐娘紅豆添新調崔護桃花憶舊痕同是天涯愁作客翻教碧海繫精魂斜陽一片亭亭影前度人思重叩門

春草得遊字　檀樹題

一望平蕪十里幽天回淑氣滿芳洲杜陵烟淡逢寒食牧野春晴好放牛最愛踏青來雨後遙看拾翠到溪頭前川無限毿毿碧蠟屐應教幾次遊

登椽筆樓有感

滿庭凄絕草離離大廈空懸筆一枝悟到虛名如泡影何妨避

世擬題詩登樓香氣消芸案隔巷書聲寂雪幃底事主人凌碧
去雕樑無復燕來時

寄懷陳眠鶴先生

萬里雲羅尺素通且將春訊付東風南來寄跡懷王粲北望論
交友孔融文字三生緣夙締深情一往念何窮追思去歲同携
手故里花開照眼紅

春郊試馬得春字　檀樹題

青驄催趁豔陽春到處平原草色新鞭影斜揮殘照裡蹄痕遍
踏軟紅塵看來鴉背雲無際閱盡駒光迹已陳何日玉樓人醉
後歸鞍相並逐芳濱

菊園小築春宴

半掩柴扉半菊花緣何春色換秋華一樽未解黃英笑三徑偏忘綠樹斜偶向郊原尋野叟閒談山水傍誰家浮生隨處饒清興那管滄桑百事差

佛蓮爲瑞于禪師壽檀樹題

華嚴法界渺烟塵喜覿清修世外人佛到有緣參色相壽欽無量見天眞玉壺春永風微動檀樹荷香月更新最愛維摩蘭若靜皈依何日祝能仁

仲欵老伯大人七旬壽慶

無窮壽考古稀年祝嘏剛逢五月天星煥南溟占福澤樽開北

海醉瓊筵三千珠履堂前客七十丹顏島上仙齒德並尊誠足
頌更教瓜瓞賦綿綿

送春

星島送春三月夢落紅何處惜芳菲家山悵望鶯初囀雲樹天
空燕正飛花信已隨流水逝椰林還着暮烟微眼看無限相思
感青艸池塘願未違

雙溪壩雨中作

觀化亭前一望中平原烟裡淡還濃度橋驢背沙如雪近水人
家雨打篷天氣清歸疎竹翠酒香吹斷白雲封擁襟頻向溪頭
醉始聽梵山送晚鐘

寄懷吴蕚影許蓮塘翁鳴臯諸友

去歲清和會故園扁舟夜泛酒盈鐏溪橋鶯囀曾同聽水廓風微共細論惆悵鄉關重隔别蒼茫雲樹幾消魂南溟日暮時翹首人靜鴉歸獨倚門

病中寄内

隔着家山遠莫尋棲遲客邸感懷深愁來每灑他鄉淚病到方知結髪心檢點征衫增别恨支離旅榻望佳音數行書寄雙溪畔紙上牢騷寫不禁

廿五初度

彈指匆匆廿五年情懷過去似雲烟深慚世事多無補空負韶

光幾變遷嶺上寒香曾感憶客中詩思屢相牽披圖舊繪横斜影數點梅花色尚鮮

東皋避暑

避暑東皋石盤桓一曲流暮潮生古渡翠色繞南樓乘興梅山迷遠近瀰溪夕照淡似秋吾生飄泊經三載掉頭天外泛歸舟偶來消暑東皋下名蹟殘碑憶舊遊回首天涯多感慨徘徊雲樹兩悠悠

送王舫山先生歸國

識君未一月分手何忽忽會君才兩次鴻飛又西東君不見三疊陽關送客詩此景未逢君别離神交奚必論舊雨成連一曲

惹人思我爲知音傷握別君緣何事賦歸期應是家山秋夢似片帆故掛四月時此去林園天氣好沿途風景耐相隨臨岐一叙無他囑何日重逢再把巵

四秋吟 秋山秋水秋花秋艸 檀榭題

未曾睡態已愁容環列屏風暗幾重眉黛到今消瘦甚爲誰清減歛蛾峰

萬頃波痕趁紫煙西風輕利剪晴川兼葭浩渺渾無際雁陣橫飛夕照天

香魂原不逐春風吐豔含葩玉露中爲厭繁華多俗態偏於冷處着輕紅

滿目蕭疎半萎黃平鋪原野映秋光自從一別王孫去消受楓林九月霜

準提閣駐馬

荒郊駐馬聽鳴禽古寺蕭然世外心苔滿迴廊嬌欲滴闃無人跡鎖花陰

過浣香畫樓

蒼翠扶疎繞一樓門前溪水泊孤舟詩情畫景偏相稱忘却機心狎白鷗

橋上

黃鶯啼處日遲遲春去西溪草尙滋最愛鐘聲烟外寺夕陽橋

上立多時

碧溪秋夜

夜色迷茫碧似烟風恬水定月華圓笛聲吹起清秋冷苦憶天
涯人未眠

綠陰仙館懷舊

綠陰館裡養花天總角曾經課几前記得別時桃竹盛重來門
巷已淒然

遊佛光院

春暮閒行到佛光落花滿院尚留香晚從嶺下尋歸徑綠樹飛
鴉噪夕陽

留宿南橋即景

午夜鐘聲到枕邊南橋烟景暗蕭然推窗一片清輝月照見人歸竹外船

芝田曉望

芝田春望綠紛披牆外棠枝亞更奇雅羡鄰家風景好青峰遥對繡簾垂

過紅白梅花廬

新月依微照蘚痕梅廬寂寂鎖黄昏舊時索笑人何處疎影横斜長閉門

題蔡維吉先生採菊圖

披圖恰好正重陽留个菊花滿袖香我自愛梅君愛菊菊梅清味要分嘗

三徑歸來日已斜悠然風度似陶家先生雅有清高品故採人間隱逸花

塵世紛紛何太苦幽閒誰得與君伍如此廬山面目眞淵明差足共千古

滿幅幽叢獨自立飄然意態誰能及早知本是惜花人好與黃英長把挹

飲酒得星字　檀榭題

天涯浪跡幾霜星滿腹離愁酒一瓶本爲牢騷消塊壘非耽麴

星洲吉寧街益文公司代印

蘖友劉伶

題菽園前輩壽梅圖　檀榭題

自笑生平酷愛梅愧無佳句酹春魁願教鼎鼐調羹手一念蒼生濟世來

陽春有脚到天涯祝嘏稱觴處士家畫裡疎枝淸入骨多君風格似梅花

壽菊　檀榭題

重陽佳會綺筵開詞客詩朋踏月來今夕爲花酹晚節延齡好進白衣杯

題摘星之女

雲羅縹渺御風行萬點星光煜煜明彼美胸襟眞爽朗擿來聊當一珠擎

花酒

綺席宏開敞畫屛萬花齊放海天青朦朧醉眼看春色酒氣微薰敵素馨

題林幼琴先生玉照

風塵擾擾幻爲眞夢裡還同鏡裡人君是神龍雲際見不因頭角露全身

寄酬李梅洲先生

鸞鳳清音入五雲伊人秋水感離羣杜陵詩句低徊久何日相

逢識使君

星洲蒲節日

回溯靈均葬水濱家家插艾紀逢辰即今海上蒲觴節未見競爭奪錦人

送王天福先生歸國完娶

久客早知憶故園布帆無恙一時還柴門未叩神先醉知有會心人解顏

魯仲連　　檀樹題

趙城端賴息兵紛逸士風高自不群愧煞當年門下客解圍還要仗斯文

西施

錦裲風微泛掉輕緇衣吳帶屬傾城憐他曉日梳粧罷絕似荷花一樣清

豔月樓即事

碧玉嬌嗔體態癡惹人春夢正迷離朦朧聽盡寒暄語恰似新鶯學囀時

幼汀先生以令先尊遺照見示爲賦一絕

一領儒巾處士風天涯得覩舊儀容嗟予生晚難親炙隔世人天萬萬重

聞內弟許水籐逝世感悼四絕

泉洲吉寧街益文公司代印

連宵入夢客心驚悽絕他鄉百感生萬里魚書傳噩耗雁飛愁聽夜啼聲

十九年華逝水流無憑壽數總難籌可憐一把聰明骨長與山林作廢坵

幾曾緘扎付郵筒囑汝勤勞莫厭窮豈意淪亡何太速招魂怕見月明中（內弟死日適於三月十五夜）

散盡英靈何處去冥冥難信有前因傷心第一關懷事負汝高堂白髮親

元夕偕諸吟侶遊水池即景

綠樹叢林繞一村遠來池畔恰黃昏今宵風景偏清絕萬里銀

濤瀉海門

恍似三潭印月來隔籬花影映珠臺何當共上孤亭裡十二欄杆近水隈

憑君元夕折春枝一刻千金信此時絕愛沙隄風過處萬條似柳綠低垂

兩岸花陰春正暖一天月色夜來幽從今滿腹牢騷氣盡付南溟逐水流

送陳仙橋先生之叮加樓

一夜星洲論故交晝樓斜月掛枝梢知君明日揚鞭去馬上驪歌且莫教

星洲吉寧街益央公司代印

記否春宵共泛池銀蟾朗照正題詩此情轉眼成陳迹又値西窗話別時

八年歎我乘槎客幾次逢君客地歸恰似春潮來有信記曾花下別依依

鞭絲帽影太匆匆旅邸臨岐夕照中趁得春風花簇錦歸途色襯馬蹄紅

夜思

月滿溪橋綠滿陂三年濶別動歸思風光一往憐迴顧轉恨家山入夢遲

客思

山水荒凉半荻花橫空雁字落平沙秋深聽曲孤舟上怎奈征人不憶家

偶　成

年來深愧附騷壇一字吟成怕未安悟到虛心師是竹方知下筆作詩難

雙溪壩雜詠

銀漢光於箭清溪鑑似天鴉啼今夜月人泛渡頭船

榕樹影橫斜參差照碧紗隔牆三兩屋認是浣香家

觀化孤亭裡銅魚碑尚存銅魚今不見何處化龍門

遠望輕帆影雁聲報客歸壩頭纔卸泊遊子撿征衣

大帝宮門外溪流畫橋西石欄苔艸綠倒影古榕低

消夏四絕　檀樹題

南溟多溺暑何處着吟身擬向棲雲去納凉應襲人

天時逢荔月人事愛陰晴偶趁輕風便徘徊夏氣清

雲際空生色煩襟滌晚凉荷花才出水曾挹幾分香

牛背斜陽外椰林薄暮時綠陰垂滿徑取次契幽期

拈梅圖詠序

天地浮漚也萬物幻影也法界有情無情一切作如是觀矧夫人身易老春光易盡名花易謝三者均不可長久雅有人焉思不可長久而長久之於易老易盡易謝之中寓不老不盡不謝之意善哉空即是色色即是空其維心之上乘乎於意云何焜焜居士衲文字交也年弱冠於故閭洗心亭梅花香裏頓悟三生折花一朶幻出天人色相命匠攝影時春色正媚紈衫適體翩翩有處士風圖成之日海內外播爲美談詩文爭餉久而成卷而居士愛梅之癖耽詩之名遂膾炙於騷壇遐邇矣今者稿累百篇圖與詩擬付棗梨以期人我共傳意甚善也丐一言於

星洲吉寧街益文公司代印

衲衲以筆墨隨緣不因藏拙而靳之且居士交遊甚廣友善不乏之才名之士乃獨向空門索序殆欲得玄中之妙以寫空中之色解脫哉若人非靈山會上前身現居士而說法耶安得不燦吾舌底之蓮於無可說之中參有可說之理而斯人斯圖斯詠足千古矣補詩一律以盡餘意

參透空中眞色相還從局外證因緣廬山面目詩三昧大塊文章草百篇韻事雅人春意滿聯吟妙句秋毫巔十年東閣饒清致名與揚州水部傳

歲乙丑八月上旬喝雲門下癡禪識于息力栖雲處

自序

故園葉家莊（俗稱嶺下）墅外洗心亭植梅數株世稱爲小江南每遇鐵幹生香輒令人低回不忍去歲癸亥春適余由厦返里館主知余有愛梅癖邀往共賞斯時暗香浮動疎影橫斜無異身遊庾嶺正怡情歡賞之際館主煮茗相待極盡欵洽並蒙折贈一枝謂君素性愛梅聊證淨因余笑而受之遂乘月而歸越晨把玩此花仍幽香滿袖致惹余之無限思想爲寒花能得留存者幾時轉瞬春光黯淡綠葉成陰此情此景何堪設想曷若照影留痕庶我與梅得共契遐期永結無情之遊之爲愈也於是映之於鏡而爲序以識之

星洲吉寧街益文公司代印

時乙丑秋月烺焜識于南滇客邸

題月梅圖　　鏡湖洪俊清帅

惟梅與月高潔超越中有幽人芳心未歇花難長好月難長圓
爰繪於畫爰詩於編詩卷長存花月之魂寄託風雅樽酒共論

題李烺焜先生拈梅圖　　鷺江　聽詩叟

橐筆萬里遊私心憶隴頭天涯無驛使何處暗香浮
袖底新梅影襟前舊酒痕王孫遊已倦回首望中原
老去聰明盡難題幼婦詞知君風雅友夜話當吟詩

前題　　海澄　邱菽園

大地春光信手拈是何年少謔傷廉一枝早折江南訊十月全
消庾嶺炎相狎微吟人獨立遲眠索笑酒頻添載賡白雪留圖

星洲吉寧街益文公司代印

卷樂府應歌昔昔鹽

前題　　鷺江　陳紫杖

昂藏七尺好鬚眉灑落紈衫稱體宜借問先生何所事爲尋春色爲敲詩

孤山一別到而今雪夜霜晨寂不禁賴有騷人攜手去願隨形影結同心

前題　　晉江　癡禪

獨操左劵擷春先色相空花玄又玄是假是眞休索解半宜名士半宜仙

空門證偈話前因悟是瞿曇小謫身過去靈山參妙諦拈花一

笑佛緣親

前題　　晉江　黃幼丞

君家謫仙雄詩酒家學淵源應富有不攀丹桂折梅花寫出吟壇奪魁手

前題　　金門　黃藻泮

生就梅花癖崇朝手一枝孤標元拔俗瘦骨亦矜奇何遜空成憶林逋衹是癡曷如長顧影清伴契遐期

前題　　晉江　碧亭主人

如此幽情無與匹是梅是雪是先生披圖猶覺搖銀海人與梅花一樣清

輕痕淡淡白如雪，玉照居然神超絕。素手拈來嶺上梅，與君長作同心結。

前　題　　永春　李鐵民

絕似當年白練裙，披圖彷彿遇羊欣。識荊早在丹青裡，何幸春風又見君。

紙帳銅瓶有夙緣，拈來一手占春先。可憐嫋嫋靈和柳，邢尹於今怯並傳。

前　題　　松江　張叔耐

清寒門標格微笑，示禪機現出調羹手。圖中托意稀

前　題　　鷺江　孫世南

先生風度獨超群除却梅花孰比倫雅愛清高貞絕俗歲寒三友又添君

前　題　　鷺江　雪　菴

月掛枝梢雪滿林溪橋籬落峭寒侵孤山別後無知己何幸詩人爲賞音

前　題　　閩候　康研秋

得意巡簷索笑時花魂人影總成癡羨君獨具掄魁手合占東風第一枝

前　題　集定菴句　　金門　林勇哉

不是逢人苦譽君胸中靈氣欲成雲折梅不畏蛟龍奪猿鶴貞

堪張一軍
梅魂菊影商量遍合配琳瑯萬軸身此地若谷添一語爲誰出
定亦前因
誰令此紙遍京華不看人間頃刻花誌罷心香屢廻顧恍如庾
嶺對橫斜
恐是優曇示現身臨風遞與縞袂人安排寫集三千卷活色生
香五百春
我替梅花深頌禱江南重遇李龜年六朝文体閑徵遍曾有人
居大梵天

前題　　金門　林林

幾回春老惜花殘紙帳霜侵弗覺寒、昔昔夢遊香雪海爭如長在手中看

非關香色怕伊殘傲骨相憐耐得寒、誰得與梅描入畫竹松而外不多看

解脫江城笛裡殘風風雪雪了忘寒、只今縞袂橫斜影莫作空山比例看

拈入圖中便不殘壽梅詩句愧郊寒、何妨騷客三年嘔或博癯仙一笑看

前題　同安　高叔崧

拈得寒、梅花一枝星坡圖此豈相宜倘如寫入孤山裡絕似吟

香照影時
文章游戲似難拘拙見如斯亦太迂樵水漁山猶可作何妨擬
寫拈梅圖

前題 金門 許時俟

一枝鐵幹映籬邊信手拈來景色鮮翻怕天寒春易老故留形
影慰年年

前題 同安 洪鏡湖

去年回國時繡伊索我詩爲題夢梅草韻事有餘思烺焜文字
友風流筆一枝昨示拈梅影囑我爲題詞其中多作者騷壇名
正馳媿余荒疎久下筆又遲遲聯想及往事結緣梅花奇同是

青蓮後風雅總相宜

前題　　榕城　林勞塵

入手南枝占早春丹青神筆難描刻淸奇骨氣自風流夙夜伴隨餐秀色宿性靈根非等閑幾生修到孤芳側巍巍庾嶺認前居林下美人饒怨憶風塵涵濁汚冰姿雪月分明資談屑劇憐冷豔臥山阿戀此寒香操玉節羣芳搖落獨鮮妍一笑葫蘆神超絕

前題　　永春　李梅洲

風流和靖擬前身獨愛孤芳不染塵嶺上梅花三百樹一枝拈得占先春

頭角崢嶸梅影癯瀟瀟灑灑一塵無臨題羨煞丹青手名士名花入畫圖

前題　同安　王舫山

海外逢李郎贈我梅圖讀披圖見詩詞玲瓏句滿幅拈花愛高潔立身厭汚濁若非和靖身怎受此清福願結同心侶長與寄幽谷同看攀桂人寧不自慚恧

前題　丹詔　王梅亭

羅浮有夢總皆仙信手拈來思皎然本色俱空塵俗氣孤心惟結雪霜緣持成鐵骨乾坤老留得幽香翰墨傳爲問南枝爭向暖寒泉冷月寫神天

前題　　同安　陳眠鶴

空山流水契知音綠萼當胸愜素心春袖曾經侵露濕芒鞋猶記入雲深分來數點香疑夢証罷三生雪滿襟獨自盈盈何處去回頭底事復沈吟

踏雪歸來月滿肩尋香有迹認當前欲消林下相思恨爲結枝頭不解緣萬古春留襟袖外多情人立水雲邊任他世上盈虛理花落花開又幾年

前題　　同安　林筱琴

亭亭玉立雪冰姿微笑拈來春壹枝鏡裡幽人饒逸韻題襟索遍名家詩

使君骨格本清奇人與寒花一樣宜數點暗香長在握生來癖性有梅凝

科頭獨立現吟身妙手映來肖入神是幻是眞且莫辯祇看梅影已超塵

賞花人自隴頭回笑摘一枝袖裏偎雨夕風晨長伴汝平生知己那如梅

青蓮家世舊風流淡雅如君孰與儔不愛天香耽雪骨此身應謫自羅浮

折來一朵占春新欲與此君証淨因笑我半生清瘦甚也應結作歲寒人

前題　　同安　林幼琴

甫調琴瑟未經年雲水相望各一天拈得寒梅難解語何如歸作抱華眠

梅花骨格本清寒願子拈來着意看數點包藏天地蘊不同柳綠與桃丹

前題　　南安　洪笑虛

聞說江南占早春一枝拈到絕纖塵青蓮才調通仙意道是騷人是雅人

圖中鶴立望如仙健將騷壇正少年別有襟懷還自得不求富貴畫凌煙

星洲吉寧街益文公司代印

人花合照總風流妒煞林逋遜一籌清雅千秋誰與匹問君身世幾生修

品格清高李謫仙拈花一笑欲參禪前身應是司香尉偶謫人間證夙緣

前　題　　同安　胡偉吾

精神灑落似梅仙拈得寒花到處傳誰道嶺頭春早放讓君春色占當先

前　題　　呇眼　呂覺劍

江南折得一枝春寫入丹青劇有神吟雪先宜探雪景護花終讓愛花人素心晤對情無限玉骨清高世絕倫別具風流多雅

致林逋或即是前身
不辯南枝與北枝鏡花水月兩猜疑賞心不向塵凡豔握手爭
誇白玉肌處士襟期高士志騷人韻事美人姿粗疎愧我空題
贈終乏傳神絕妙辭

前　題　　　　　　　　　安溪　嘯雲菴主

一段幽香誰之付畫圖托意眞奇遇非君修得到梅花何幸拈
來此中住

前　題　　　　　　　　　海澄　梁欣如

爲愛名花作畫圖只愁凍雀損香酥一枝挹得歸和靖不與霜
英雜草蕪

前題　　金門　王祐弼

羅浮夢裡幻來身欲証前生未了因誰說孤山無伴侶拈來恰是意中人

亭亭玉立門春姸堪入羅浮醉十千踏遍天涯無淨土此中小住勝遊仙

前題　　同安　蓮溪居士

泮踪契合記星洲文采風流得自由筆底生花傳異彩淸吟合擬韋蘇州

廬山面目𡡾眞眞玉樹臨風出俗塵手把寒花成獨笑淸高原是觸騷人

前題　泗水　曾商隱

一枝春色等奇珍把玩殷殷正出神和靖深情知有自浩然雅興豈無因分明高潔能相匹恍惚暗香欲襲人合與梅花同不老亭亭瘦影永清新

前題　金門　陳仙橋

知是逋仙是謫仙前身合結後身緣形同庾嶺孤芳立瘦爲南枝向暖先濁世幾人能拔俗空門遁跡笑逃禪何如賺得隴頭句寫出畫圖萬古傳

前題　金門　楊蘊山

影裏梅花鏡裡人珊珊玉骨絕纖塵不須重仰江南訊自有年

年掌上春

前　題　　　　鷺江　醉墨軒主

名士風流與世宜襟前春色握多時西湖萬樹梅花影恰被先生借一枝

前　題　　　　安溪　葉　谿

爲愛清高品絕塵特掐花影掌中親寒香原不嬌春帝素行端推契逸民月下微吟無俗侶雪中門韻有騷人歲寒三友添知已應是逋仙再化身

前　題　　　　閩侯　林炳南

尋芳何處覓廬山聊把梅花帶笑看不學白雲眠野鶴居然獨

立亦清寒

前　題　　泗水　楊劍光

恰是孤山入夢時寒花清影兩相宜拈來微笑憐君瘦占斷風魂第一枝

前　題　　同安　林宗澄

尋梅踏雪天愛梅林逋仙逋仙歸去後梅爲誰爭妍非無愛梅者其人不足傳孤山明月夜香氣逗窗前

月光梅影照梅影着人身江南春信早聊贈一梅春拈梅尋常事爲何亦寫眞吉光留片羽睹物應懷人

前　題　　同安　陳延謙

星洲吉寧街益文公司代印

玉質冰肌操如君可與儔居然相晤對晨夕共悠悠

前　題　　　　泗水　謫　凡

拈花含笑悟前因况是梅花更有神一縷芳魂長作伴孤山以外屬斯人

羅浮一夢渺如仙明月前身證夙緣有雪有詩人不俗撚花妙諦擬參禪

前　題　　　　登加樓　蘇碧麟

愛花抱得一春回影上留香掌上栽玉立依然梅作伴年年芳信共君來

知君清淡結梅緣占得春光醉十千他日文窗留片影香傳庾

嶺一枝先
情懷知己獨留連陌路偏逢李謫仙莫厭輕痕多淡處照人形
影意翩翩

前　題　　晋江　蘇止齊

自將幽逸寫丰神畫裡梅花影裏人陶令黃英周子癖與君愛
好各天眞

巡簷索笑兩相宜多事翻嫌玉笛吹携得壠頭春信早漫天風
雪好敲詩

前　題　　金門　葉春暐

傲雪凌霜絕點塵箇中風雅尚清新星洲詞客留題詠半屬當

年舊故人
不圖年少有韓翃卷軸詩章榻上橫四海知交多賞識天機清妙是聰明

前題　同安　林鏡秋

眉宇清標似紫芝凝神卓立自矜持料應不屑攀丹桂故把梅花伴下帷

前題　金門　黃夢良

凌波仙子伴騷人名士傾城劇可親倘得孤山深處住居然和靖是前身

前題　晉江　王香谷

逋仙風度謫仙才小刼塵寰信可哀爲愛江南春色好閒拈踈影一枝來

前　題　　螺陽　林逸其

孤芳獨賞意悠悠處士高標異衆流瘦影伶娉花吐豔人間此集足千秋

前　題　　禾山　陳漢黎

仙姬冷淡隱羅浮處士携來寵渥優不費江南頻寄信清芬雅致兩悠悠

前　題　　同安　胡幼汀

不折桂花不采芝古香古色最相宜隴頭驛使傳春訊祗在先

生手一枝

前題　南安　沁禪

洗心亭上折歸來千古留痕亦快哉誰得如君能脫俗寒花淸影兩徘徊

前題　同安　洪鐵輝

癡情原不俗長握一枝春世上勞勞者誰能學此人

前題　永春　林庶溝

不向蟾宮攀月桂偏從庾嶺折梅花冰姿文采交輝映彷彿孤山處士家

前題　閩海　林嘉猷

不慕東籬慕短籬飄然韻事勝王維冰池逐跡尋珠蕚雪岸聞香訪素姿三友圖中拈秀色百枝頭上契幽期亭亭鑑裡雙雙影人與梅花共展眉

前　題　　同安　蘇舜畊

拈梅信手門精神人與梅花共寫眞斜月照君梅並瘦寒梅深處是君身

前　題　　南靖　吳海塗

屹立庭除下凝然有所思問花花不語何日是幽期

前　題　　金門　廷　杰

索笑巡簷立一枝手自拈圖形邀月姊春色幾分添

自題拈梅圖四絕

未曾修養到三潭清福何緣鶴夢參自笑留痕春一片瓣香分得小江南

折得梅花乘月還靈犀一點付孤山此生倘許西湖住靜對冰姿也解顏

書稿於今已數年回頭香雪尚盈肩箇中休認林和靖形影自慚一幅傳

欲將索笑效騷人漫把寒花伴此身多謝諸公題詠遍願留文字証前因

烺焜李　煜　草

憶梅詩錄

題憶梅詩錄即呈同社諸君子　蟫窟主人

一枝殘蕊怨離騷，霧苦烟愁思不堪。舊曲唐宮惟是艷，小名隋苑可勝憨。前身皓月分明在，後約春風薄倖慚。腸斷當年花御史，青衫顦顇夢江南。

翠羽依稀夢裏痕，雲堦月地久承恩。宮裝曉起同臨井，縞袂春寒獨掩門。未肯仙緣泄羅郁，何曾好事負東昏。可憐容易揚州別，十載消殘水部魂。

鳳城何處覓雙身，惆悵西岡一樹春。未信成陰偏結子，那堪擣

驧竟飛塵抹塗回首阿婆日格韵居然我輩人爲問荒山冰雪
裏可能留得舊精神

賀鑄新詞綺句裁相思同寄百花魁斷雲流水孤山夢縷雪團
香六代才此日爭傳東閣筆幾時共醉范湖杯道人朗誦南華
後髣髴淸寒沁肺來

憶梅詩録

甲選　　鑾津

孤山前事了無痕，冷月來時合斷魂。不是石頭城下水，玉兒何至負東昏。

仝　　蠖隱

不隨桃李望春遥，花裏滄桑太寂寥。閲盡殷紅羅亭子，上南唐一闋念家山。

仝　　耕夫

兎園回首惹人愁，月地雲階總昔遊。縱贈同心三百顆，爭如何遜在揚州。

全　　橘船

藐姑氷雪檐前因共抱冬心淨不塵憐汝天寒教鶴守別來無恙是清貧

全　　小惺

雪北枝南入望遙春光欲訊綠楊條二分明月三分水人立揚州第幾橋

全　　小惺

紅羅亭上留嚴態玉雪披前對酒酣剩句春風一腸斷不知何處是江南

全　　石林詩畬

恥與庸芳鬪麗妍上林何幸得春先阿儂別有傷心處江北江南月正圓

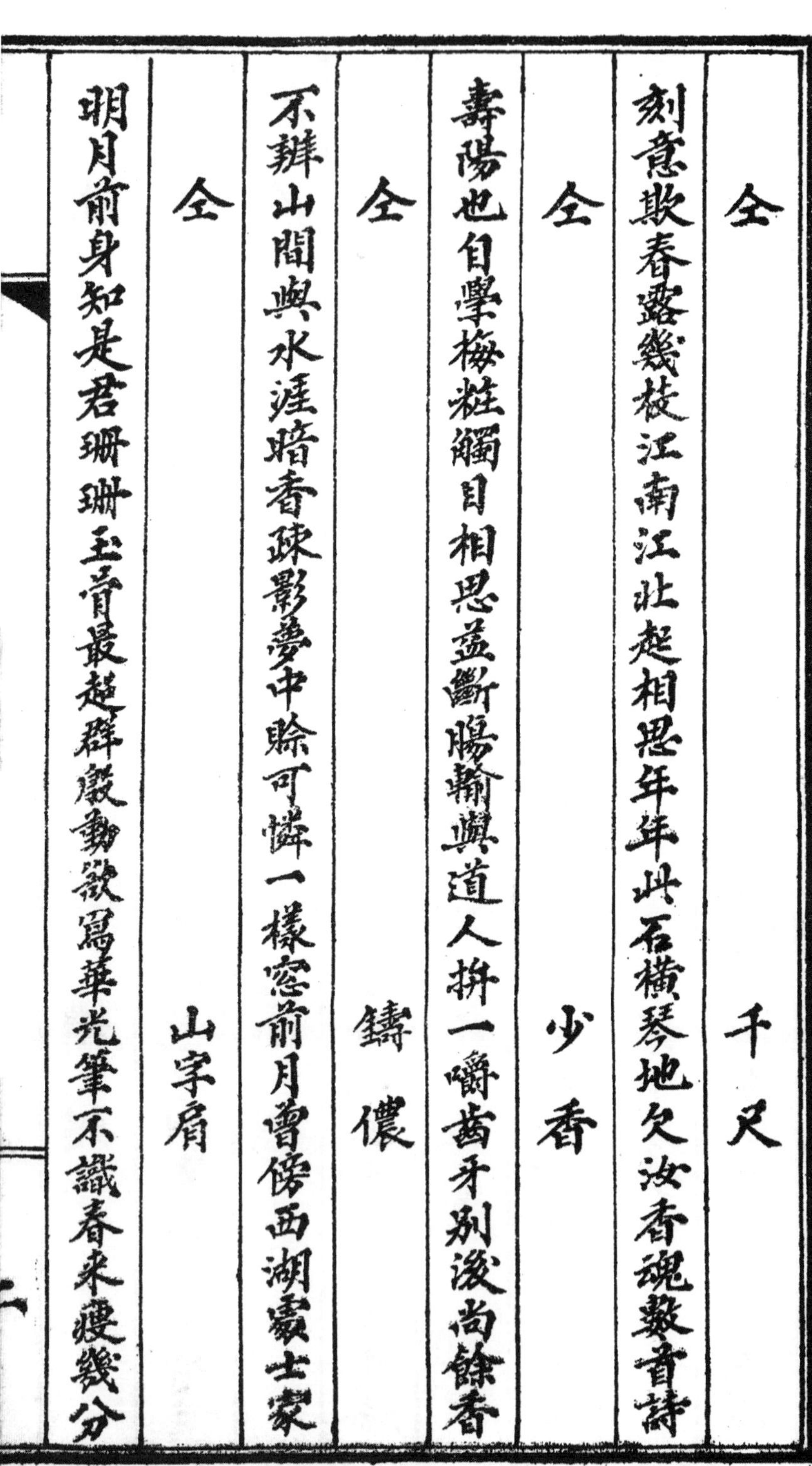

仝　　千尺

刻意欺春露幾枝江南江北起相思年年此石橫琴地欠汝香魂數首詩

仝　　少香

壽陽也自學梅粧觸目相思益斷腸輸與道人拚一嚼齒牙別後尚餘香

仝　　鑄儂

不辨山間與水涯暗香踈影夢中賒可憐一樣窗前月曾傍西湖處士家

仝　　山宇眉

明月前身知是君珊珊玉骨最超群殷勤欲寫華光筆不識春來瘦幾分

仝　　　　　　　丑生

儒素難忘一味酸和羹作用要相看莪憐歲莫峥嶸日鉄石心腸耐得寒

仝　　　　　　　胡國鎏

百首詩成願始伸雪窗一夜苦鬅陳遥知博得雲郎浚應不忘情冰上人

仝　　　　　　　胡國賢

誰道南枝異北枝輝争花蕚繫人思廣儲門外今何似望嶺長懐史督師

仝　　　　　　　郭量

似睠誠齋釣雪舟膽瓶風過暗香流無端好夢都吹破合眼横斜影尚留

仝　　　　　　　　王梓榮

稚女寒天傍綺窗綉鍼穿罷嗅花香多年瑣事渾如昨近日花枝多少長

仝　　　　　　　　江渡筌

太平洞裏太平時九老花山樂不支海外吟壇遥似否相思無那且題詩

仝　　　　　　　　王澤元

獄興文字到江湖秋雨春風等可虞詩禁縱嚴情繾綣十年寧畏累潛夫

仝　　　　　　　　桂奴

癯仙偕到幾生來崔想丰姿翳想胎屈指花風成獨笑故應紅紫盡輿臺

仝　　小低頭居士

一庭花影度黄昏百首新詩與乞春水繪已蕪風月在雲郎身價董姬魂

仝　　江南客

蠻花久已報春陽有約瑶臺悵渺茫料是仙人憎熱客不隨風信到炎方

仝　　劉達源

蒼松翠竹可為鄰歷盡風霜剩此身記得當年同卧雪空山流水寂無人

仝　　黄松山

孕蕊剛值雪霜天未得相隨上客船鄉訊遠來知結子夜深飛夢綺窗邊

仝　　笑公

江城五月鶴樓中，玉篴吹殘唱惱公。好夢乍圓還乍醒，不勝惆悵趙師雄。

仝　　大風

梦入梨雲萬樹香，廣平一賦費思量。東風種出雙紅豆，消盡人間鐵石腸。

仝　　拜梅女士

誰家玉笛倚江城，一曲伊涼百感生。便擬西湖尋舊約，水村山郭許歸程。

仝　　金谷參軍

厓浦羅浮事兩攸，相逢無處訴瑤臺。佳人逐客雙雙老，那見隨春萬里來。

仝　恩九

山南山北鷓鴣啼惆悵羅浮舊夢迷門福却輸沙上雁一春常伴冷雲棲

仝　霞陽女士鄭玉

玉質氷心賽月娥錢塘去後恨偏多歸来欲寫生香態彩筆無花奈汝何

仝　鑄儂

一夜春風夢欲飛天涯怕見雪霏霏無情玉笛休輕弄腸斷江南客未歸

仝　鵷汀

姑射萼華香國魁故應嫁與謫仙才懸知一夜東風信滿結枝頭白玉胎

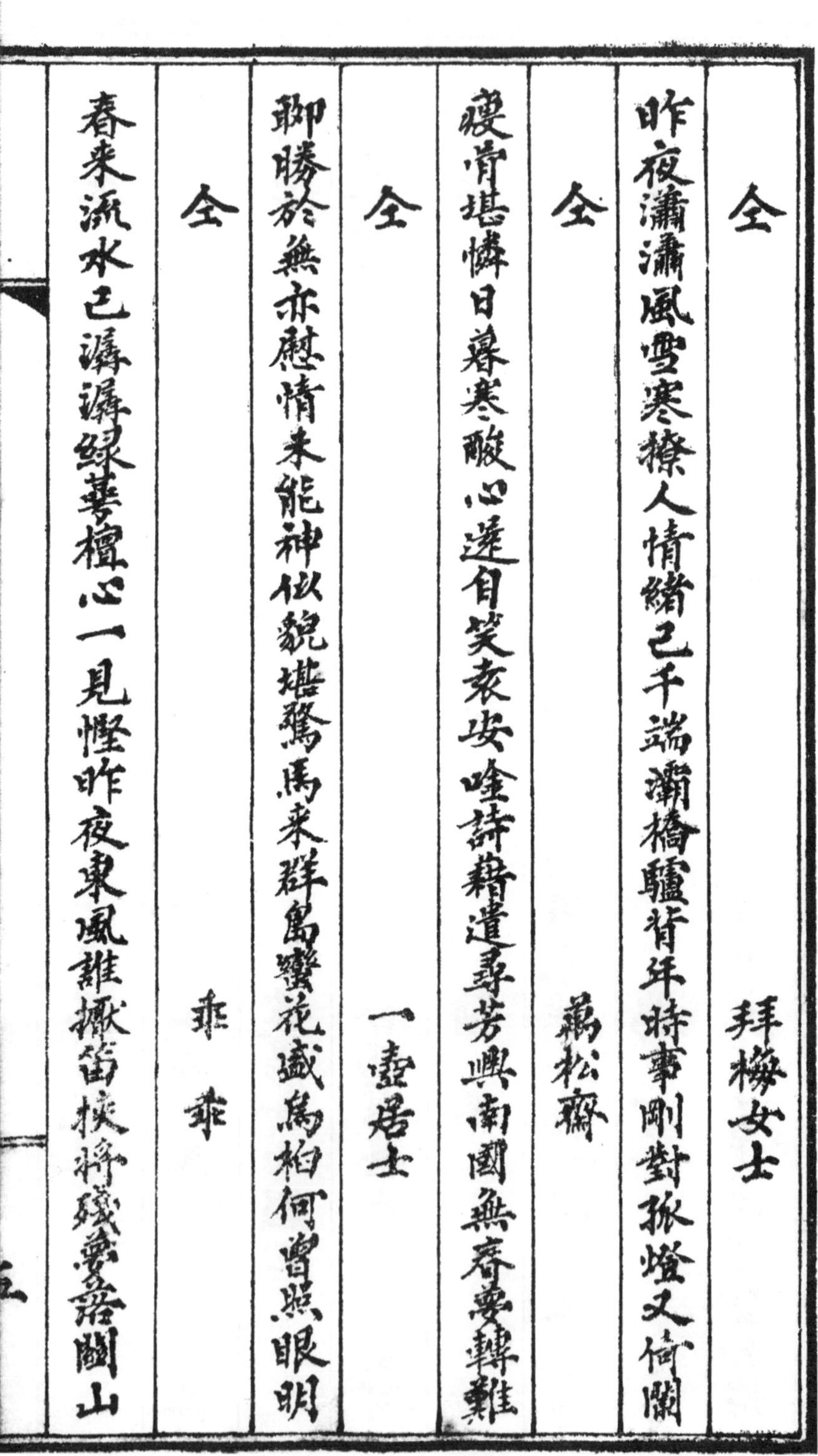

仝　　　　　　　　　　　　　拜樓女士

昨夜瀟瀟風雪寒撩人情緒已千端灞橋驢背年時事剛對孤燈又倚闌

仝　　　　　　　　　　　　　萬松齋

瘦骨堪憐日暮寒酸心遂自笑衰安唫詩藉遣尋芳興南國無春夢轉難

仝　　　　　　　　　　　　　一壺居士

聊勝於無亦慰情未能神似貌堪驚馬来群島蠻花盛爲柏何曾照眼明

仝　　　　　　　　　　　　　乖乖

春来流水已潺潺綠萼檀心一見慳昨夜東風雖撇留挾將殘夢落關山

仝　無智和尚

天寒老鶴結知音，尽寂山河瘦不禁。笑我塵緣仍未滅，春來遂動看花心。

仝　七字瀉子

故國誰能寄一枝，戀香有夢太參差。離腸萬恨猶臨水，應是彭城謝客兒。

仝　劍雄

自送三弄故人違，別恨年年黃鶴磯。樂府誰翻新笛譜，偷聲減字憶真妃。

仝　海澄女士到春

病思愁懷懶似雲，春光辜負百花芬。玉妃清豔知何似，明月庭前最憶君。

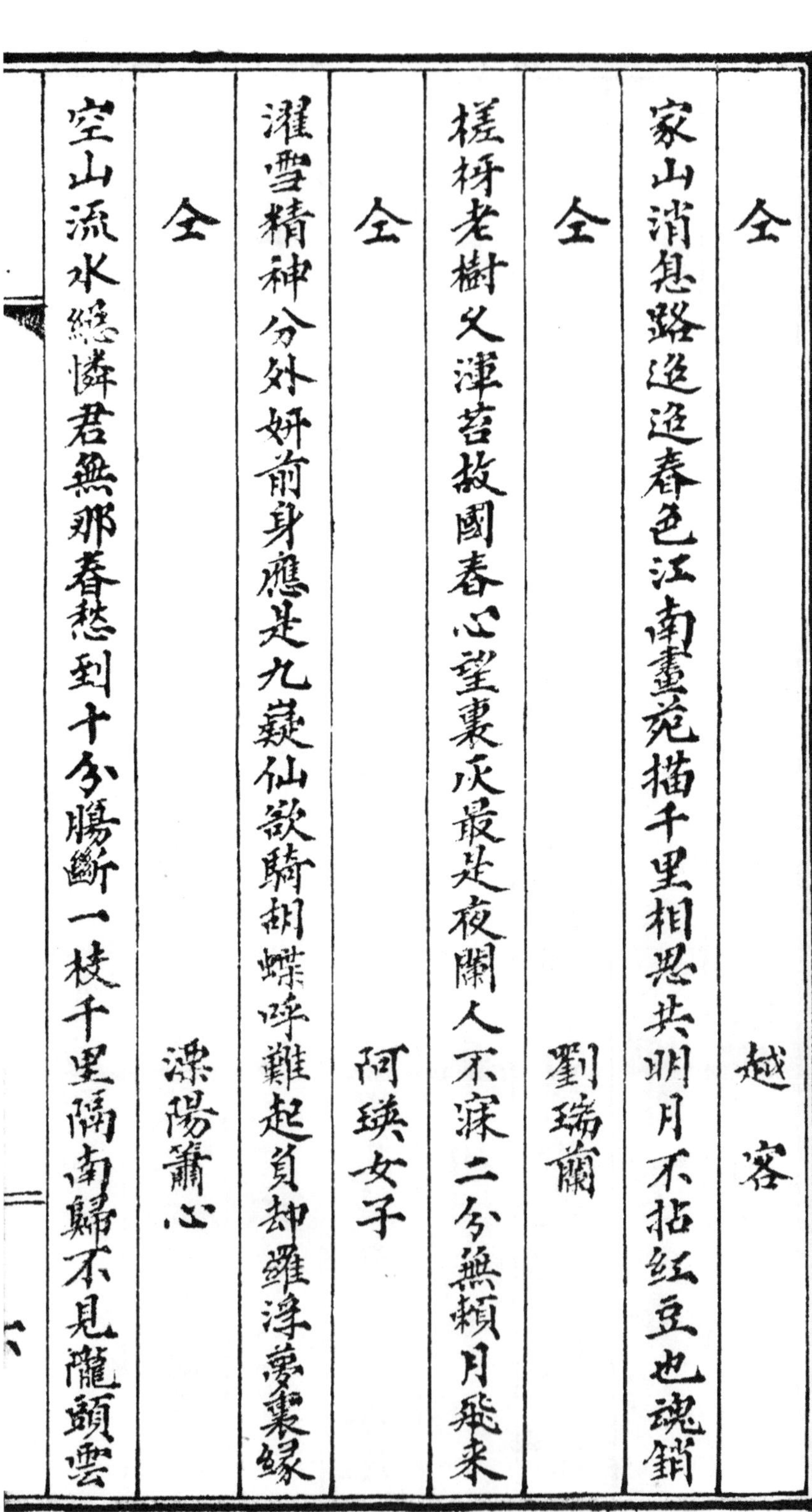

仝　越容

家山消息路迢迢春色江南畫苑描千里相思共明月不拈紅豆也魂銷

仝　劉瑞蘭

槎枒老樹又津菩救國春心望裏灰最是夜闌人不寐二分無賴月飛来

仝　阿瑛女子

濯雪精神分外妍前身應是九嶷仙欲騎胡蝶呼難起負却羅浮夢裏緣

仝　溧陽蕭心

空山流水總憐君無那春愁到十分腸斷一枝千里隔南歸不見隴頭雲

仝　石林詩裔

南陌相思驛路遥灞陵風雪馬蹄驕月明何處吹羌笛夢斷揚州廿四橋

仝　盧銘三

殘夢難尋舊板橋渡江春信總寥寥天涯亦有傷心客愁絶揚州月夜簫

仝　胡鶴逵

心腸冷淡古爲鄰身去飄零我與親閒對月明思格調知音未讓姓林人

仝　姜望

百花生日讓春先檀板金尊壽一僊安得南飛身化鶴詩題東閣已三年

仝　迂生

紙帳宵寒月滿庭清香恍惚透疎櫺忽思策蹇孤山路萬樹春風放鶴亭

仝　王子宏

熱宦何人抱冷心一丘一壑寄遥吟秦關雄鎮尚書暇南北枝頭盼好音

仝　王摘元

道人細嚼讀南華他愛餐花我飲花臘月點茶元旦酒至今清味記山家

乙選

仝　　桔奴

喚作梨雲夢也銷一郗淡月帶煙描空教謝客增惆悵雪魄冰魂不可招

仝　　阿瑛女子

索笑巡簷感故鄉天心人事兩茫茫不如歸去鋤明月自汲寒泉奠冷香

仝　　德貞女史

林逋去後孤山冷花事飄零鶴淚哀祇有舊時明月在歲寒亭畔照莓苔

仝　　蝶影

最是高枝竹外斜水邊籬落有人家東坡句子華光畫商畧春風筆下賒

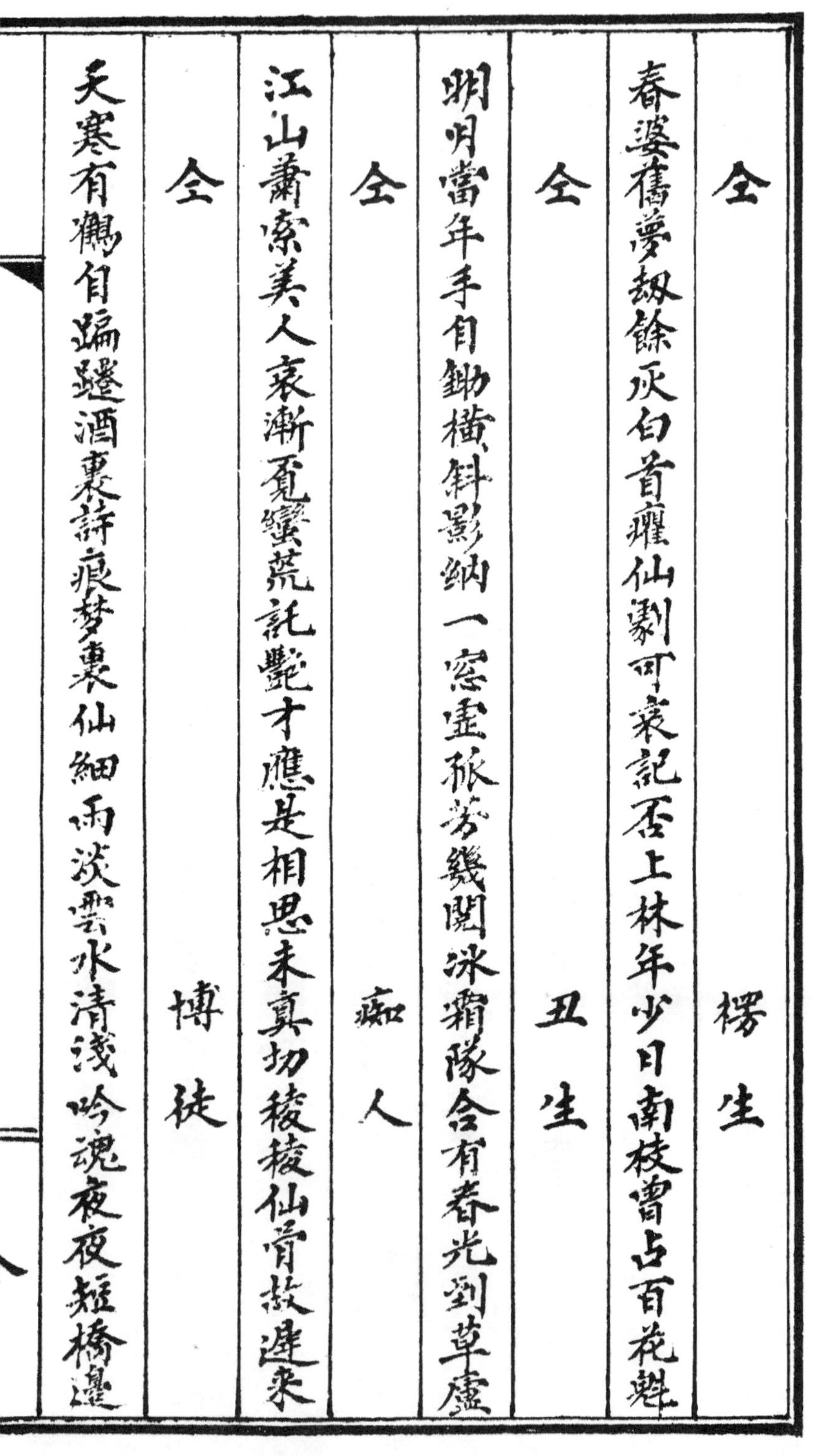

仝　　楞生

春婆舊夢刼餘灰白首癯仙劉可哀記否上林年少日南枝曾占百花魁

仝　　五生

明月當年手自鋤橫斜影納一窓虛旅夢幾閱冰霜隊合有春光到草廬

仝　　痴人

江山蕭索美人衰漸覔蠻荒託艷才應是相思未真切稜稜仙骨故遲來

仝　　博徒

天寒有懶自蹁躚酒裏詩痕夢裏仙細雨淡雲水清淺吟魂夜夜短橋邊

仝　　　　　　　　　　　　　逢安

寥寥館宇峭寒天獨挺冬心鐵石堅珍重廣平一篇賦不堪回首寓東川

仝　　　　　　　　　　　　　唐寶

催花羯鼓話前朝風雪長安春信遥我是江南流寓客竹邊怕聽念奴嬌

仝　　　　　　　　　　　　　秋水

水邊籬落記曾探桃太嬌紅柳太酣驛使不來芳訊渺那堪煙雨繞江南

仝　　　　　　　　　　　　　遲老

三友曾傳隱士家惟存松竹翠參差遥知絳闕群真會鶴馭遲留緑萼華

仝　　　何郎

繞屋曾栽三百樹一家眷屬最風流綺窗韻事今何有水部題詩在上頭

仝　　　慧奩

玉照堂前戰血乾饕風虐雪暮天寒江南萬里無消息驛使應歌行路難

仝　　　阿瑛女子

一闋江城曲未終可憐花落太怱怱漫留疎影糊成憾愁殺人間放鶴翁

仝　　　石林詩裔

妃子依稀返玉京月明紙帳梦難成料知天上春常在無復人間有墜情

仝　楊逌樗

消息江南久未通征途容易又東風年来縱断羅浮夢春色分明在眼中

仝　喆香

大庾嶺頭三十本詩人一別到如今銅瓶紙帳相思處恐後寒香已不禁

仝　晴湘

客窗枯坐又黄昏凝想幽香一返魂前度自鋤明月種搁胸歴歴介泥痕

仝　碧城步虚人

人間那有返魂香南内歸来樹已荒重把珍珠怜舊寵深深瘞玉總凄凉

仝　拜梅女士

一角孤山遠俗塵，蒼松翠竹自爲鄰。蠻州亦有閑花卉，除却癯仙不算春。

仝　乘乡人

移伴仙禽願未償，一枝一朶費思量。箇人獨記深宫事，睡醒親窺點額粧。

仝　幼濂

歲寒松竹故交稀，偕隱林逋夙願違。我憶梅花花憶我，留香應待主人歸。

仝　嘯谷

詩人老去富蘊絲，明月揚州悵舊時。新譜暗香疏影好，玉簫欣伴小紅吹。

仝　　覞蟾小艸

暗香疏影曲中論　茆舍筠籬賸夢痕
一鶴如癡對人立　雪花滿地不開門

仝　　小逋

故園別後雪霏霏　萬里天涯驛使稀
料得孤山南北路　客来應有鶴高飛

仝　　王曾福

和羹事業付空談　香火孤山賸一龕
疏影暗香詞譜豔　何如一曲憶江南

仝　　鑄儂

獨抱孤芳冰雪姿　幾生修到此生痴
遥憐縞袂單寒甚　日暮空山不語時

全　莊善望

冰雪聰明想見之，等閒桃李總塵姿。何時添作詩人伴，紙帳銅瓶位置宜。

全　覲蟾小艸

羅浮春色夢猶香，依約前游入醉鄉。一事長教惆悵處，酒旗風倚玉人妝。

全　海澄卯韻香女士

儂纖爾瘦最知音，村塢溪橋證素心。今日偕遊詩興減，憶君猶作短長吟。

全　梁必象

百無聊賴瀧頭客，日下憑誰寄尺書。驛使遠來殷問訊，人間天上兩何如。

仝　心香居士

春意剛傳庾嶺東一枝消息蕚難通尋思費盡詩人筆都入林逋賞鑒中

仝　阿瑛女子

入世丰姿云世心幾多情緒託微吟逋仙去後誰知己空負春風到上林

仝　阿瑛女子

萬玉鱗鱗好畫圖可憐香影兩模糊似聞一笑拈花去不管人間有菀枯

仝　圭海卯韻香姑

春陰鎮日雨蕭蕭儂與梅花兩不聊翹首一枝誰贈我孤城古驛路偏遙

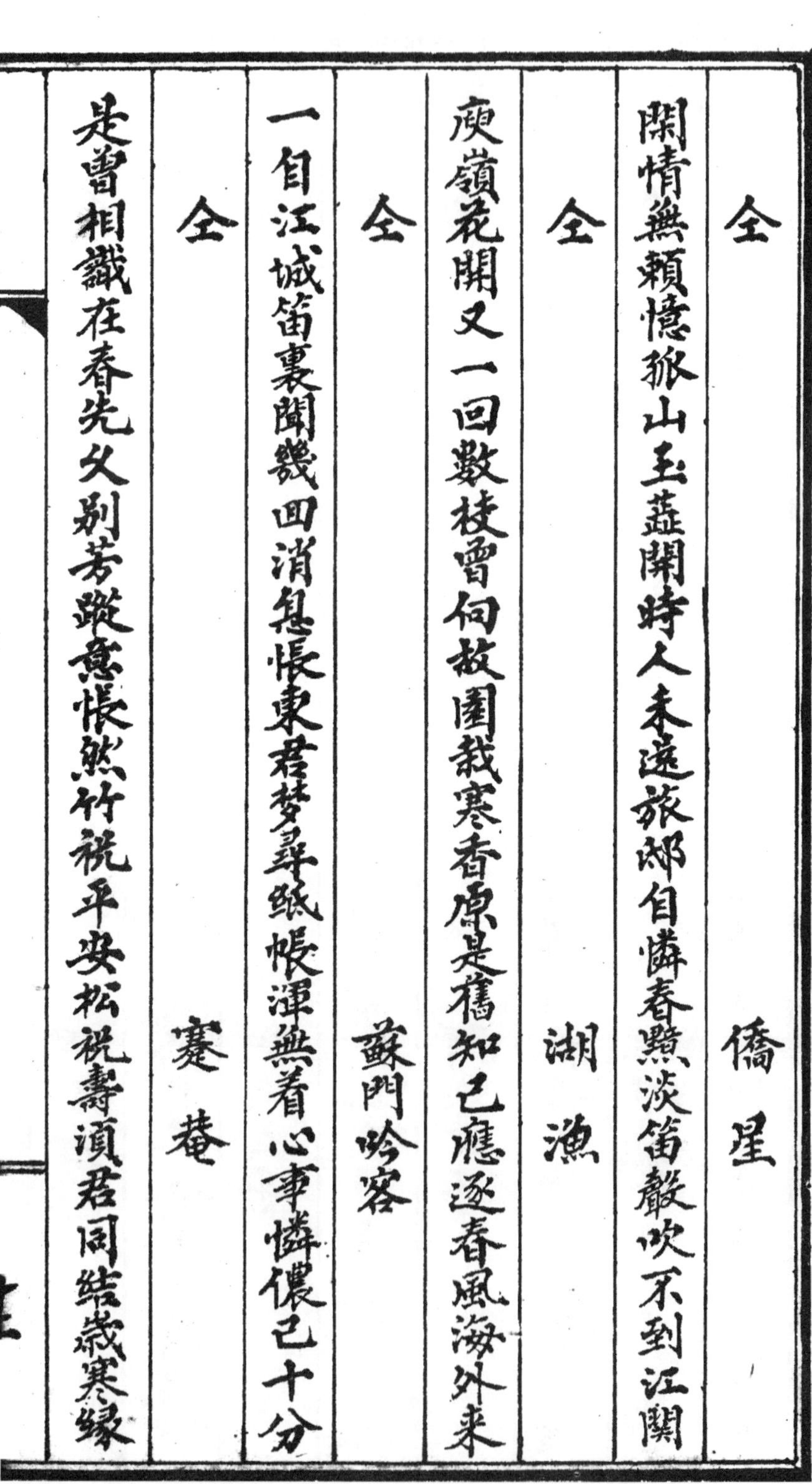

仝　　僑星

閑情無賴憶狐山玉蕋開時人未還旅邸自憐春黯淡笛聲吹不到江關

仝　　湖漁

庾嶺花開又一回數枝曾向故園栽寒香原是舊知己應逐春風海外來

仝　　蘇門吟客

一自江城笛裏聞幾回消息悵東君夢尋紙帳渾無着心事憐儂已十分

仝　　蹇菴

是曾相識在春先又別芳蹤意悵然竹祝平安松祝壽須君同結歲寒緣

仝　宛卿

孤山一別客心孤消息南枝暖也無竹自平安松自壽可堪相對歲寒圖

仝　梅花村丐者

一團香雪貯氷壺雅韻天然入畫圖休訝夢回人已杳孤山處士本来孤

仝　倓錦

瘦嶺春風獨占先百花頭上拜癯仙銅瓶紙帳分明在負却香盟又一年

仝　誾渠

群芳如夢雪成堆何處芳心雀噪開竹屋紙窗深自暖可無高士共銜杯

仝　鏡查

檀心玉頰醉醺醺吟思迢迢旅思兼悵觸故園花事好何時索笑更巡檐

仝　千尺

謫落瑤臺又幾年相逢縞袂總翩翩法書何事空惆悵一度揚州一惘然

仝　拜梅女士

自從禪榻病消摩索笑吟香草草過闌道今年花信早不知春在那江多

仝　酉卿

西溪芳信逢番動東閣吟懷兩處同儂猜消寒剛九九憑誰添我畫圖中

仝　靈臺孫

竹籬冷落也心甘越熱由來性未諳紙帳因緣春已了小詞高唱憶江南

仝　鶴翔

羅浮一别太匆匆月落參横恨靡窮四百卅峯何處住怎能重夢懋師雄

仝　梦飯僧

玉骨冰肌幾歲修仙姿端合産揚州如今證得人天果猶記當年水部不

仝　郭樑

甕澄寒水貯山家帶露擎發霞清花尚記鹹齋詩句好果然勝似雪煎茶

仝　王棨

自憐風骨如君瘦久識父心比我清何日空山流水際相逢一笑兩忘形

仝　遺黎

浪說新粧點壽陽蜩風凛冽上金堂何時東閣開詩讌手拗寒英入錦囊

仝　王棨

不見孤山鶴骨仙詩情畫意鎮相牽嫩寒天氣春初曉夢在疎籬淺渚邊

仝　盧墨孫

枝頭隱隱暗香浮回首山林路轉迷影事六朝空撫拍紅羅曲罷夕陽西

仝　　盧墨緣

二四番風獨占春可能明月證前身含章往事渾成夢慨想猶懷點額人

仝　　詩禪

氷肌玉骨淨無塵閬罷羅浮夢亦春屈指衛寒花信未爲香消瘦可憐人

仝　　海印韻香女士

剛来最憶萧疏影吟到芳名亦可憐莫怪春花難比例前身風骨是飛仙

仝　　丑生

半點塵埃未許侵高標獨自抱山深不知雪竹風松外更有何人契素心

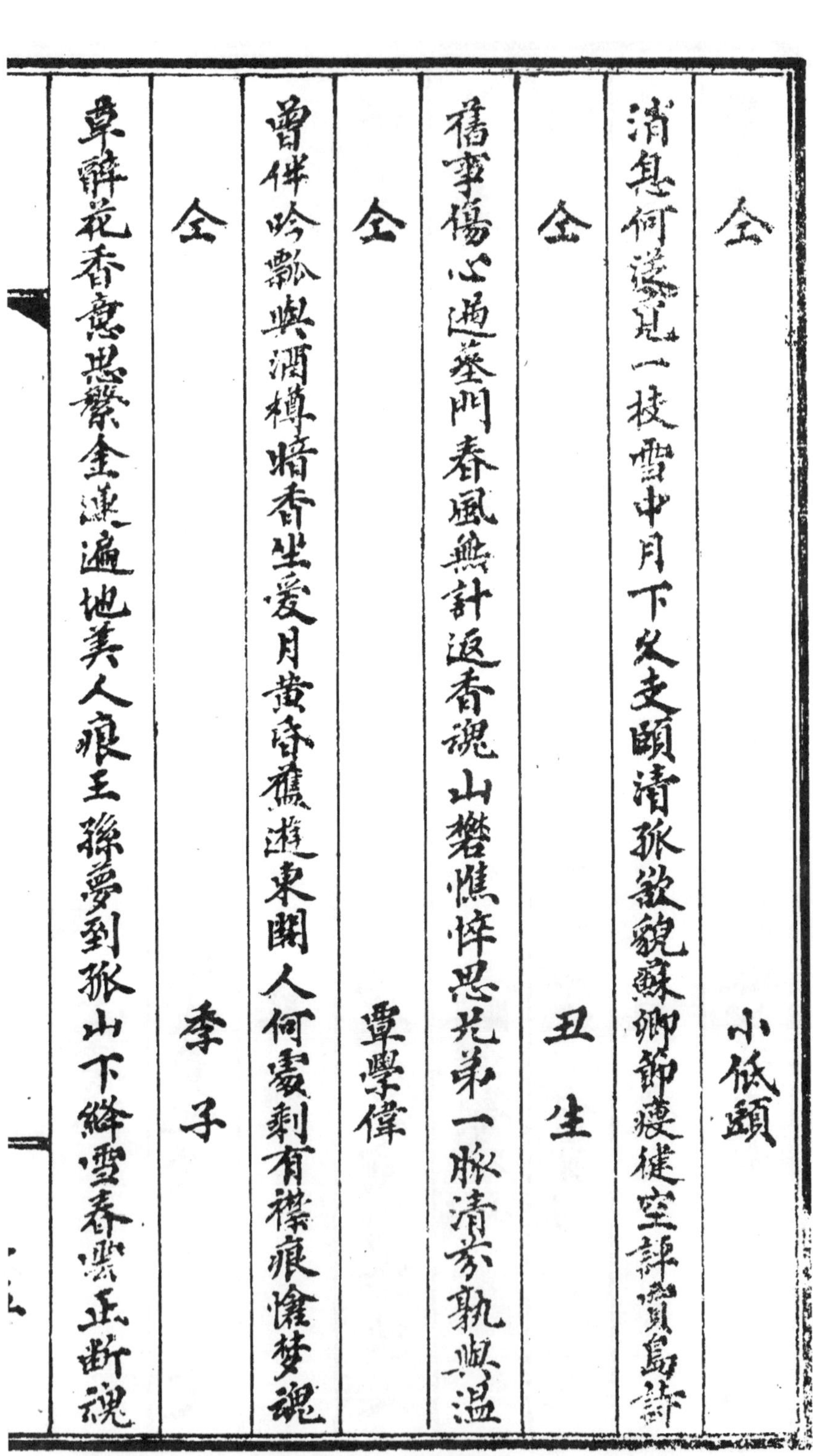

仝　小低頭

消息何從見一枝雪中月下又支頤清孤欲貌蘇卿節瘦徒空評賈島詩

仝　丑生

舊事傷心過墓門春風無計返香魂山礬憔悴思兄弟一脉清芬孰與溫

仝　覃學偉

曾伴吟歡與酒樽暗香坐愛月黃昏蕉灘東閣人何處剩有襟痕愴夢魂

仝　季子

草畔花香意思繁金谿遍地美人痕王孫夢到孤山下絳雪春深正斷魂

仝　　雪鸝女史

新詞空製望江南路遠難來驛使驂何日可傳芳訊至擬成君復寄妻函

仝　　葉勉端

歳寒圖上搓清芬嫁得逋仙不厭貧洛浦影沉環珮杳月明何處問湘君

仝　　蘇門吟客

廿四番風次第過料量花事又從頭未能拋卻青樽約東閣當年最勝遊

仝　　騰公

崚嶒獨耐歳寒天悵望江南路幾千願化孤山新鶴子好從林下伴臞仙

仝　憐儂

頻年離緒惆無端，羅衾尋香怯倚闌。睡起紙窗風淅瀝，却疑山意欲衝寒。

仝　梅花村丐者

自憐舊約負探幽，芳信何人寄隴頭。心事最防春寂寞，願隨明月到揚州。

仝　小石

十年綺夢逐春潮，鄧尉山中雪亦消。悽絕吳江風月夜，小紅倚曲我吹簫。

仝　尊前碧玉

故園閩道落寒香，羈旅遊魂惹恨長。東閣難留天上去，人間何處不離腸。

仝　頑公

異時萬卉正凋殘獨挺孤芳共歲寒今日茅齋春意動祗餘風雪伴袁安

仝　鐵脚道人

記從花底結同心韻事爭傳在上林指點元章兩閣塵冷雲漠漠護籬陰

仝　琴心

藐姑仙去雪花飛曼綠華來月影移一霎壽陽成老醜傷心點額曉粧時

仝　鏡花

欲斷不斷蝶魂痴欲寒不寒鶴夢支道人鐵脚覓無處嚥盡寒香冥坐時

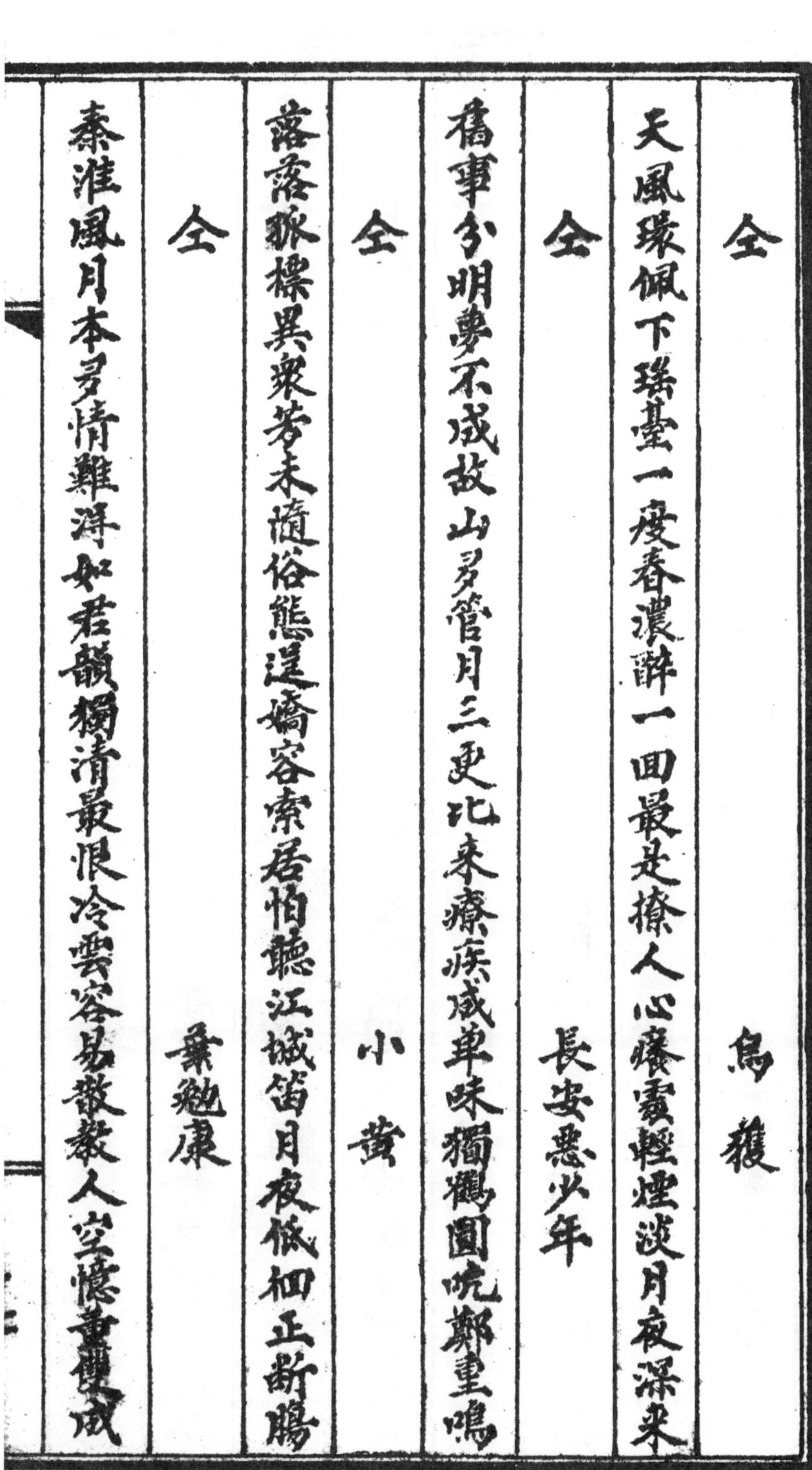

仝　烏獲

天風環佩下瑤臺一度春濃醉一回最是撩人心癢處輕煙淡月夜深來

仝　長安惡少年

舊事分明夢不成故山另管月三更比來療疾咸单味獨鶴圓吭鄭重鳴

仝　小黃

落落孤標異衆芳未隨俗態逞嬌容索居怕聽江城笛月夜低佪正斷腸

仝　秉勉康

秦淮風月本另情難得如君韻獨清最恨冷雲容易散教人空憶董雙成

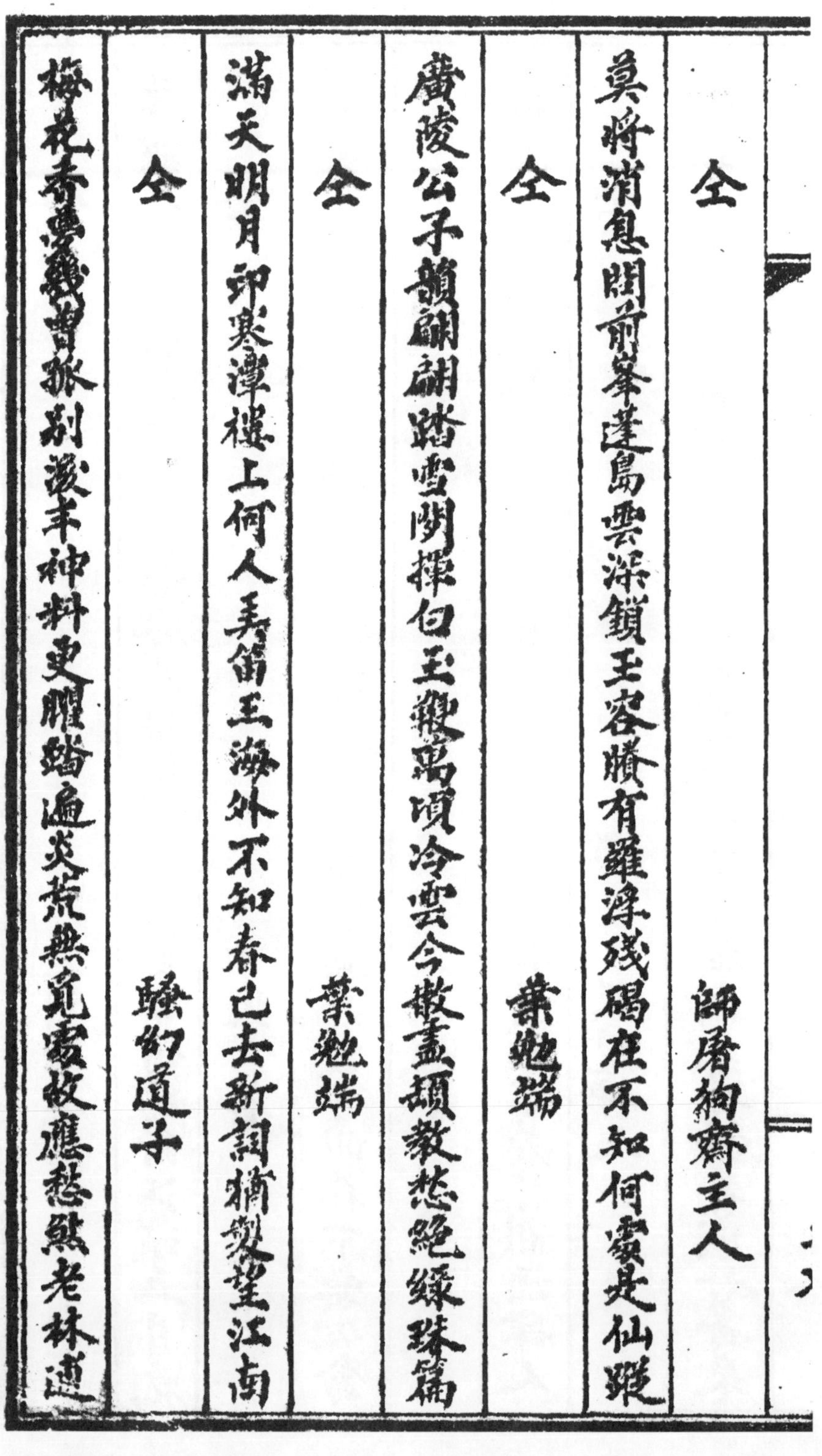

全　　師屠狗齋主人

莫將消息問前峯蓬島雲深鎖玉容贏有羅浮殘碣在不知何處是仙蹤

全　　葉勉端

廣陵公子韻翩翩踏雪閒探白玉瓣萬頃冷雲今散盡頓教愁絶綠珠篇

全　　葉勉端

滿天明月印寒潭樓上何人弄笛王海外不知春已去新詞猶欲望江南

全　　驂幻道子

梅花香裏幾曾孤別後丰神料更臞踏遍炎荒無覓處故應愁煞老林逋

仝　劉紫濂

夢醒羅浮別恨賒記將寒豔壓春華怕聞黃鶴樓中笛聽斷江城五月花

仝　失名

霜天雪夜抱寒心幾度香曾隔浦尋酒思乍醒無着處月明花下嘆么禽

仝　醒憨子

破臘風香正曉春寄身何處看芳新浮沈未了和羹願不若林間酒肆人

仝　照鏡村人

獨立高峯脫舊胎冰霜爲骨玉爲腮蓬萊消息相期久寄語丹成好寄來

仝　熱中

梅花别我意纏綿同此冰心各淡然料汝生成無媚骨忍寒那許俗人憐

仝　温順標

騎驢曾向雪中探水驛山程已倦諳自與癯仙經歲别只餘清夢到江南

仝　落拓書生

鬢華味淡獨參禪雪裡吟香亦偶然試看人間趨炎者能無愧想到癯仙

仝　劉堯有

魂夢此時牽嶺畔嬋娟何日到天南羅浮仙子能浮海一笑迎檐百拜甘

仝　　　　　　　　　　　　溫順標

四百峰頭六萬花羅浮有約願移家不應此事成孤負夢裏呼名萼綠華

仝　　　　　　　　　　　　辭顛

送淀海外識羅仙數載難忘翰墨緣此去天涯倍惆悵錢塘湖畔雨如煙

仝　　　　　　　　　　　　江上人

父劉園林作釣徒不知山樹看花無君情最是揚州月空照人看九九圖

仝　　　　　　　　　　　　古枚人

料得東風逼着耶散圍香雲閃橫斜枝頭仙鶴應憐我如此春光不在家

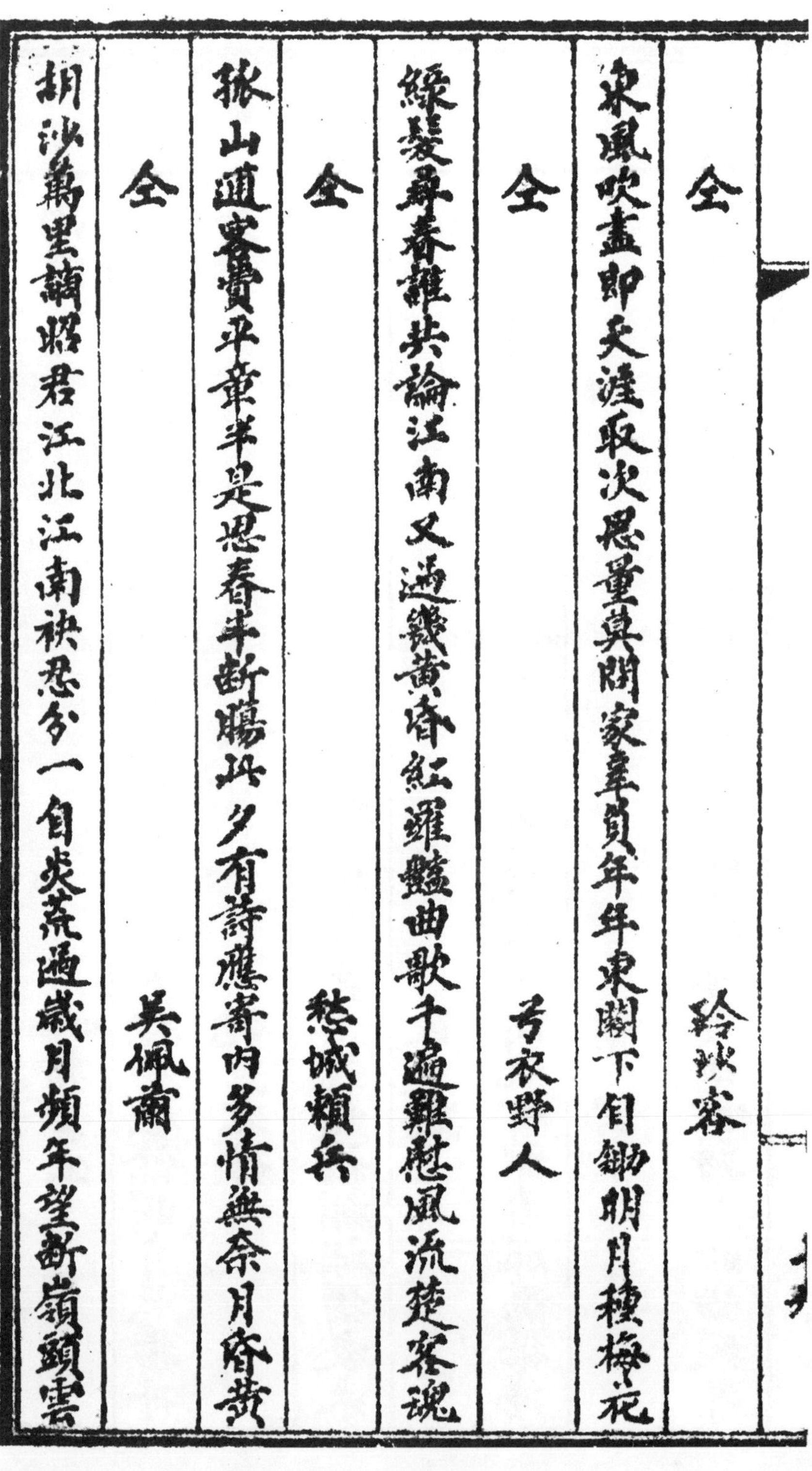

仝　　玲瓏客

東風吹盡即天涯取次思量莫問家辜負年年東閣下自鋤明月種梅花

仝　　弓衣野人

綠鬢尋春誰共論江南又過幾黄昏紅羅艷曲歌千遍難慰風流楚客魂

仝　　愁城頼兵

孤山道客費平章半是思春半斷腸此夕有詩應寄内多情無奈月昏黄

仝　　吴佩蘭

胡沙萬里韓將君江北江南袂忽分一自炎荒過歲月頻年望斷嶺頭雲

丙選　　　　　　　　　　　　　　　　　　　　　　　　　吻石　郭雲生

江鄉處處記遨遊，驢背行吟興未休。舊約難尋春信杳，但餘明月照揚州。

全　　　　　　　　　　　　　　　　　　　　　　　　　　能運紅粉

淡泊生涯不染埃，竹籬茅舍費排徊。只因傲骨天生就，綺袂翩翩獨夜來。

全　　　　　　　　　　　　　　　　　　　　　　　　　　詠葭

遊仙昨夢客羅浮，吹笛江城記鶴樓。擬與故人相問訊，何郎無那隔揚州。

全　　　　　　　　　　　　　　　　　　　　　　　　　　嘯公

漫誇春屬是神仙，織女牛郎望眼穿。萼綠華抛林處士，訂歸靈約動經年。

仝　彰化鹿川施寄庵

幽香不遂好風來閑逍尋春次第開惆悵西谿三百樹花時曾憩手親栽

仝　台湾黄服五

迢迢旅況小陽春繡帳閑偕鄭躅頻回首灞橋風雪後一枝寄否隴頭人

仝　楊近樓

鬥雪何嘗俯首降淡香仙骨信無雙笑予花事都拋卻第一關心是綺窗

仝　石榮

大庾山前萬樹酣騎驢待向雪中探不知昨夜東風暖春到枝頭北與南

仝　石榮

遺去丰標冰玉清芬心脉脉獨含情美人應亦愁孤寂千里相思共月明

仝　海澄邱韻香女士

回首羅浮寄寓時粧餘繡罷發清思銅瓶一朶橫斜影助我新添十體詩

仝　厭去

記得魁名占百花此身删盡舊繁華遍舟欲向西湖棹香雪叢隣處士家

仝　埜叟

結想銅瓶夢未真偶逢驛使倍情親除非再與癯仙約香雪叢中擬卜鄰

仝　司香使

衆芳皆後真香祖玉骨支離大瘦生記得故園霜雪夜恐寒相對月三更

仝　愚谷

山頭雪霽淨無塵鄧尉梅開第一春去態鄉心都不覺最難割愛是芳鄰

仝　司香使

消瘦誰憐老杜同孤山雲鎖路難通猶香沁入西湖水此日花開又幾叢

仝　江南客

小别匆匆竟隔年江南消息素懷牽初寒紙帳時縈夢一到園林便惆然

仝　鳳公

旭日遲遲海不波朝雲暮雪近如何家無驛使書難寄人有春思夢更多

仝　陳仲子

陽回大地競爭春東閣題詩墨瀋新記得板橋驢背上滿身香雪看花人

仝　陳仲子

惆悵羅浮雪亦香一枝輕豔鬥新粧情知想像原無用爭奈詩人有別腸

仝　林克宏

江南曾寄一枝春寫入屏風畫裏新憶爾冰魂歸未得孤山片月正愁人

仝　　古校人

鎮日携明瓏上行江南消息最關情如何忘却東風約空使林逋悵月明

仝　　野儂

隔簾人試漢宮妝髻鬟逆旁喚小黄悉得春心無着處水邊交頸數鴛鴦

仝　　楊近樗

庾嶺經過話昔時春風先發到南枝舊遊回首真如昨尚有餘香在酒巵

仝　　黄瑞卿

十年飄泊客天涯夢入孤山處士家無計排愁翻羨鶴春寒猶得守梅花

仝　　　　　　梦飯僧

明月梢頭近若何灞陵風雪梦中過相思最易成銷瘦怕比癯仙瘦更多

仝　　　　　　草土

記曾獨秉衡才尺對雪評章處士家一自歸來分編袂爲卿憔悴惹天涯

仝　　　　　　施寄菴

變荒梗塞歲華新冷蕊幽姿入夢頻怪底逋仙閒結想江南誰寄一枝春

仝　　　　　　次崖

不見梅花又一年東風吹雪恨綿綿即今回首孤山路惆悵難吟嫵媚篇

仝　　嘯雲

萮光掩映嶺雲西萬樹分明半整齊挂我心頭無别事昨宵又夢到清溪

仝　　怪叟

盼斷羅浮思不禁暗香疎影渺難尋蓬天細雪霏霏落剩有鳴皋鶴守林

仝　　希士

又是昏黄月半明小庭無復影縱横珊遲余美知何處作賦徒勞宋廣平

仝　　詞家小字

夜深無語下簾鈎一抹胭脂百樣愁林下月明春寂寂美人夢已到羅浮

全 黄太武

憔悴江南作賦才，賞花心事憶花開。歸期爲有閨人約，湧向風塵問早梅。

全 一厂主

春風玉笛漫相催，繈帳銅瓶夢幾回。驛使不來魂欲斷，月明東閣倚依徊。

全 望梅

林逋半骨原殊俗，富貴名花冷眼觀。自别孤山留鶴守，最關心處雪天寒。

全 玲沙客

故園此際好烟霞，香雪千枝拂檻斜。驛使不來空有夢，十年我已負梅花。

仝　　劉瑞蘭

一生低首是癡仙，不見癡仙又幾年。欲倩東風遞消息，數行珍重寫蠻箋。

仝　　素香女士

嶺頭猶認影橫斜，仙骨生成自足誇。數到繁華歸夢幻，人間清福讓君家。

仝　　述生

冰雪聰明鐵石心，道人秋水費狂吟。遙從天外思芳訊，魂斷南枝月下禽。

仝　　嶺民

年來作客在天涯，回首家園瘦影斜。為慰相思情撩亂，氷甌滌筆畫梅花。

仝　　　　拜梅女士

年年春事悵天涯難忘清幽處士家願得攜鋤種明月遊蹤到處裊梅花

仝　　　　林笙齋

曾記羅浮泛木槎寒梅閒得影橫斜賞花踏雪成春夢和靖風流尚憶家

仝　　　　林笙齋

閒雲孤鳥本無知惆悵寒梅已過時料得夜闌山館裏一燈明滅讀殘詩

仝　　　　葉勉端

記曾索笑戲巡檐欲托微吟筆懶拈我本知君心似雪肯隨桃李學趨炎

仝　　鳥鳴嚶嚶

故鄉情怯是花時對客真教欲問遲茅屋半株霜雪裏冲寒應已放南枝

仝　　衛群氏

苦無舟楫返家鄉夢入梅村夜更長太息槎枒千樹雪東坡有興不能償

仝　　蘇門吟客

瘦減腰圍不諱痴竹籬茅舍且尋思故園親友如相訊願倩東風寄一枝

仝　　姓莊人

參横月落未分明無奈啁啾翠羽驚一枕春心抛不得依依林下美人情

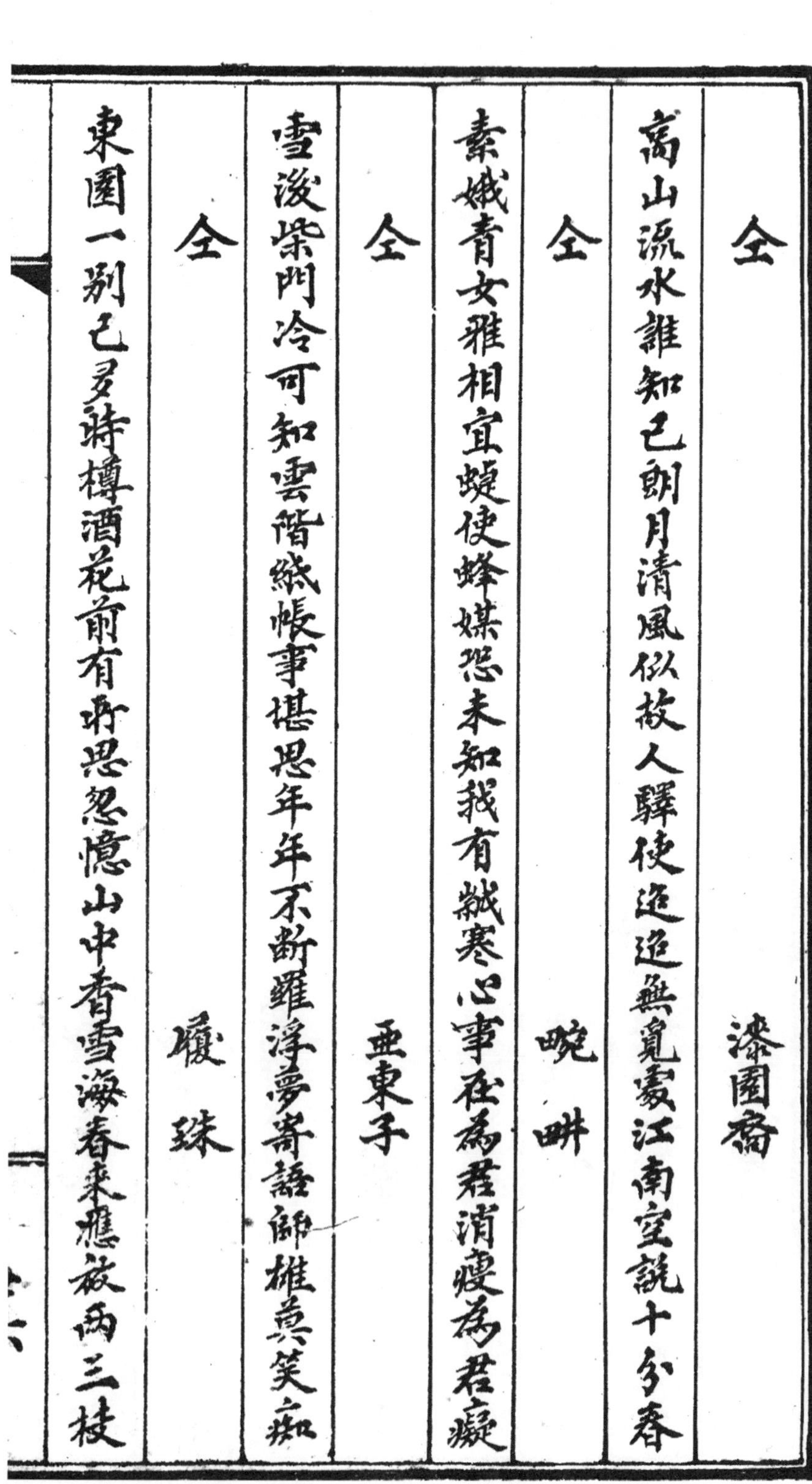

仝　漆園裔

高山流水誰知己朗月清風似故人驛使迢迢無覓處江南空説十分春

仝　晚耕

素娥青女雅相宜蝭使蜂媒恐未知我有歲寒心事在爲君消瘦爲君癡

仝　亞東子

雪滿柴門冷可知雲階紙帳事堪思年年不斷羅浮夢寄語郎櫂莫笑癡

仝　履珠

東園一别已多時樽酒花前有所思忽憶山中香雪海春來應放兩三枝

仝　　履珠

絨帳閨香夢不成披衣起視夜三更遥知故國紅籬外應有寒花伴月明

仝　　温順樑

不辨南枝與北枝師雄短夢總迷離最憐風雪天寒夕鶴愛清癯守未疲

仝　　郭鏡蓉

曾何仙山會藐姑迢遥芳訊隔長途不知多少尋春客解識冰肌玉骨無

仝　　慰我

溪橋踏遍未成詩意外難逢春一枝撿得華光長老墨高懸素壁慰相思

全　　胡百衡

千紅萬紫映斜曛海外繁華久厭聞欲訪高人何處去倚闌望斷隴頭雲

全　　小黄香

記得綠英開古寺拈花人獻李青蓮何特載酒重相訪來認癯仙與醉仙

全　　屠客

綠欣紅笑鳥飛廻爭報春風渡海來故國手栽梅百樹今朝應盡向南開

全　　敖犨

羞與衆芳爭艷冶獨尋茅屋伴詩人清修不到蓬仙福未必巡檐許敖犨

仝　望華

觸目山巒闊水仙崇蘭拜歲更清妍阿誰玉笛傳三弄錯訝江城五月天

仝　古心

策杖尋芳朧月時水邊籬落渺難期江南驛使相逢贈記取殷勤折一枝

仝　儕儂

番風數到楝花週春事頻年隔隴頭何日相逢來驛使對君千萬訴離愁

仝　愚谷

隱士清高不染塵湖山名勝更無倫寄般報與逋仙道楚有緱生願卜鄰

仝　黄瑞卿

舊種寒梅次第開冰姿遥憶水雲隈花神若也相憐念應有香魂入夢來

仝　浮海子

十年海國悵棲遲又到春生庾嶺時夢裏似隨莊蝶去戀香飛上雪中枝

仝　李震東

隔别冰姿近一年巡簷索笑記嫣然隴頭寂寞無消息安得江南驛使傳

仝　秋蟾女史

月地雲階怨别離神仙眷屬惹相思江南此日春光好消息憑誰寄一枝

仝　　史文瀾

林卿别後日黄昏回首孤山欲斷魂料得香閨寒意滿愛卿祇共鶴兒温

仝　　烏鳴嚶嚶

也曾踏雪尋將去不待東風送却来一段暗香侵紙帳窗前定有數枝開

仝　　烏鳴嚶嚶

縞衣仙夢斷羅浮折取誰教寄隴頭遥憶江南香雪海探春心事正悠悠

仝　　㬢真

面滿黄塵蝨市闠未能免俗思偏眀偶然酒舍傳烹鹿心在羅浮合體山

仝　　天涯寄客

曾記携筇隴上遊，晴香吹送月當頭。而今遠别饒香恨，能得魂夢入夢不。

仝　　天涯寄客

花開五福報新年，玉貿冰姿麗着仙。料得故園春似海，香風淨動可人憐。

仝　　老棠

天涯飄泊感韶華，人似林逋尚憶家。怪管無端思倩影，巡檐空想態横斜。

仝　　老唐

開遍南枝復北枝，當年風雪立多時。而今橡樹椰煙外，遂晚羅浮有所思。

仝　　洪逸史

美人千里阻佳期江海悠悠歲月遲春信不來仙夢杳東風無語倚欄時

仝　　史昌國

月明花下美人無客裡林郎一榻孤歡閒卿卿何處是夢回風雪滿西湖

仝　　劉瑞蘭

夢斷羅浮道阻長天寒鶴守可憐凉生平第一傾胸臆冰雪聰明鐵石腸

仝　　葉勉端

暗香疎影歲寒姿萼綠仙人住九疑報道江南春色好鷓鴣聲裡最相思

仝　潮漁

棕櫚樹下夜义多詞客孤吟喚奈何安得暗香移數本月明載酒一相過

仝　圭海卯韻香女士

綺窗閑檢紀遊詩江北江南最繫思空谷美人應怨我者番何事負佳期

仝　淨土

雅度清高嫁此杯百花頭上已先開孤山未訪林和靖先到羅浮夢裏來

仝　郭涼

西湖高會錦屏前滿谷花香記昔年張老再來應有恨謫仙今返大羅天

仝　　藤蘿月

寫真不染丹青筆作伴祇應雪月宜報道故鄉春信到夢魂飛入岳南枝

仝　　仲軒

楊花已作粘泥絮柳色初飛衣上青最是孤山春幾樹何當移植到前庭

仝　　詩禪

底事傷春不盡愁記鄉清福幾生修前身儂羨林和靖美滿夫妻到白頭

仝　　詩禪

一枝消息寄偏遲夢入江南總繫思黯黯春愁人不解憐儂憔悴笑儂癡

仝　施玉凱

關心春色到瑤臺消息江南早送來逮日徘徊東閣裏一枝曾向雪中開

仝　施玉凱

庾嶺先開雪壓枝與君一別幾多時故園冷落花無主誰作金鈴替護持

仝　施玉凱

雪裏吟香蝶亦痴花開花落合旋離誰憐我似林和靖一到春風更繫思

仝　茂提

絶無消息報梅妻望裡孤山路又迷總爲癡情忘不得思君直到月斜西

仝　　　　淇泮

夢斷羅浮有所思春寒紙帳醒還疑分明月白紗窗外猶似花前戲鶴兒

仝　　　　陳爾純

夢魂飛不到孤山遙望水邊籬落閒安得重遊清友處一壺同醉洽情刪

仝　　　　陳兆益

清高品格羨臞仙索笑與君有舊緣一自故鄉芳信杳幾回想像綺窗前

仝　　　　鐵樺

無復羅浮入夢來春愁黯黯獨低回欲從鄧尉探消息為問寒花開未開

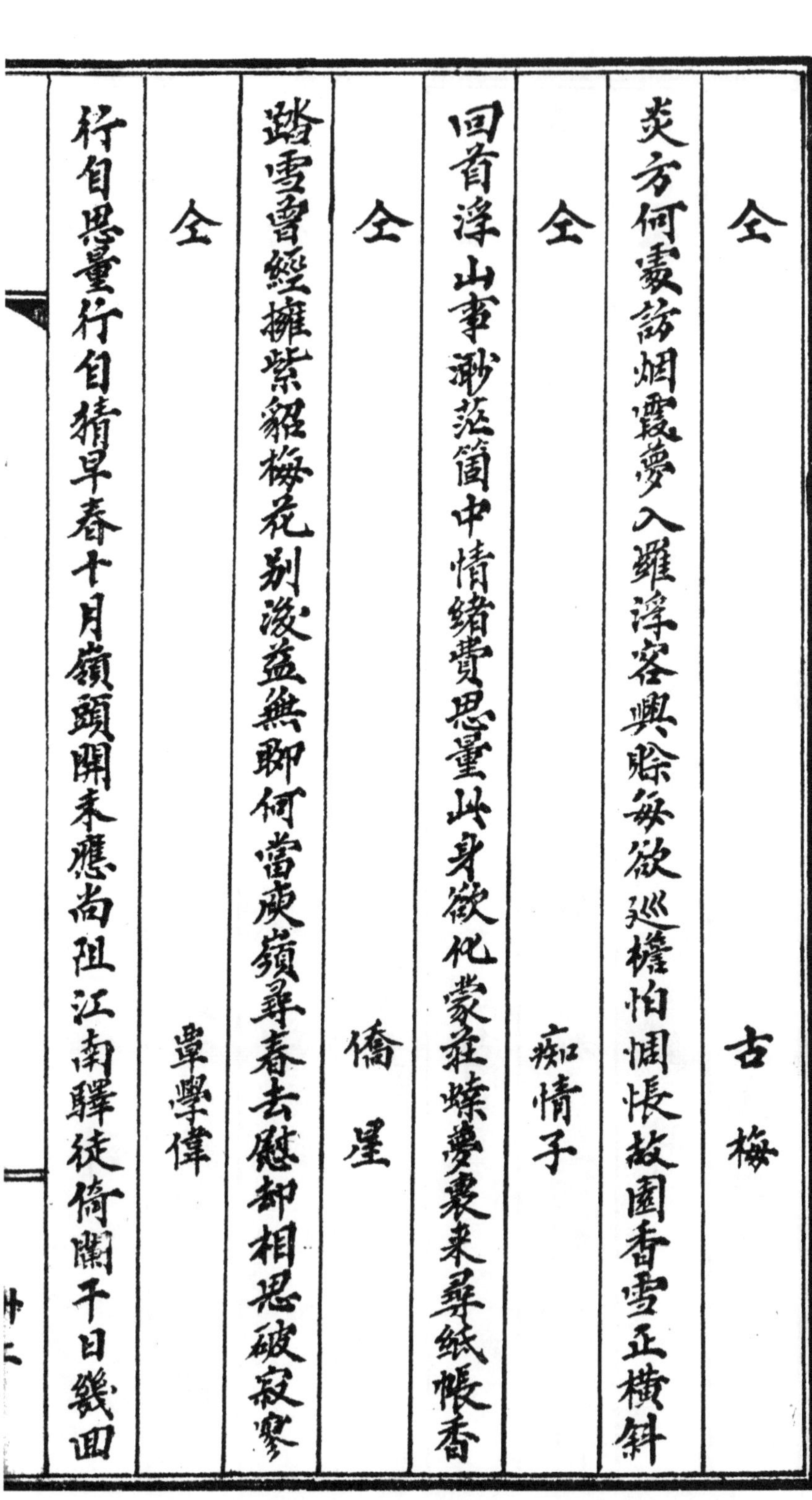

仝　古梅

炎方何處訪烟霞夢入羅浮客興賒每欲巡檐怕惆悵故園香雪正橫斜

仝　痴情子

回首浮山事渺茫箇中情緒費思量此身欲化蒙莊蝶夢裏來尋紙帳香

仝　僑星

踏雪曾經擁紫貂梅花別後益無聊何當庾嶺尋春去慰却相思破寂寥

仝　韋學偉

行自思量行自猜早春十月嶺頭開未應尚阻江南驛徒倚闌干日幾回

甲選五十名　各贈書劵銀三角

乙選一百名　各贈書劵銀一角半

丙選一百名　各贈書劵銀半角

第七期　餞春七律一首不拘韻

限至舊曆七月廿九日截收拔稿希交

棉蘭福記棧　新架坡塙坡潑街福記號

蟫窟主人啟

同文書庫・厦門文獻系列

第一輯

壹　王步蟾　小蘭雪堂詩集
貳　張茂椿　固哉叟詩集　寄傲山房詩鈔
　　翁吉人
叁　蘇大山　紅蘭館詩鈔
肆　沈琇瑩　寄傲山館詞稿　壺天吟
伍　林爾嘉　林菽莊先生詩稿
陸　李　禧　夢梅花館詩鈔
柒　余　謇　寶瓠齋襍稿（外三種）
捌　蘇警予　甲子雜詩合刊　菲島雜詩　海外集
　　謝雲聲
玖　羅　丹　稚華詩稿
拾　徐原白　同聲集

第二輯

壹　謝　祐　賦月山房尺牘
貳　黄　瀚　禾山詩鈔
叁　邱煒萲　揮麈拾遺
肆　林爾嘉　頑石山房筆記　紫燕金魚室筆記
　　李　禧
伍　蘇逸雲　臥雲樓筆記
陸　陳延謙　止園詩集　鐵菴詩存
　　劉鐵菴
柒　陳桂琛　陳丹初先生遺稿（外一種）
捌　賀仲禹　繡鐵盦叢集　繡鐵盦聯話
玖　蘇警予　二菴手札
拾　虞　愚　虛白樓詩

同文書庫·廈門文獻系列

第三輯

壹　胡　鉉　椽筆樓初集
貳　吳錫璜　吳瑞甫家書（外一種）
叁　邱煒萲　菽園贅談
肆　蘇逸雲　臥雲樓雜著
伍　蘇警予　曠劫集
陸　黄伯遠　莊克昌　紅葉草堂筆記　感舊録
柒　葉長青　松柏長青館詩
捌　海天吟社　鷺江梅社　海天吟社詩存　鷺江乙組梅社吟草
玖　林爾嘉　菽莊叢刻（外二種）
拾　陳桂琛　近代七言絕句初續集

第四輯

壹　吳藻年　吳兆荃　繪秋樓詩鈔　小梅詩存
貳　呂　徵　介石山房詩稿（外一種）
叁　邱煒萲　嘯虹生詩鈔
肆　李維修　寸寸集（外一種）
伍　沈觀格　拙廬談虎集
陸　江　煦　草堂別集　圭海集
柒　謝雲聲　靈簫閣謎話初集
捌　曾兆鼇　玉屏書院課藝
玖　林爾嘉　菽莊小蘭亭徵文録　鷺江泛月賦選
拾　江　煦　鷺江名勝詩鈔

同文書庫·厦門文獻系列

第五輯

壹　黄家鼎　馬巷集

貳　邱煒萲　五百石洞天揮麈（上冊）

　　邱煒萲　五百石洞天揮麈（下冊）

叁　李焜　懷谿樓詩稿（外一種）

肆　楊紹丞　壬申重陽集　虎溪踏青集

伍　蘇玉如　劫後餘吟

　　陳佩真

陸　蘇警予　厦門指南

　　謝雲聲

柒　茅樂楠　新興的厦門（外一種）

捌　吳雅純　厦門大觀

玖　陳世鎔　陳化成抗英事略